ハーレクイン文庫

雨のなかの出会い

ジェシカ・スティール

夏木さやか 訳

HARLEQUIN
BUNKO

HIS PRETEND MISTRESS

by Jessica Steele

Published by Harlequin Japan, a Division of K.K. HarperCollins Japan, 2025

雨のなかの出会い

◆主要登場人物

マロン・ブレイスウェイト……住み込みの管理人。
サイラス・ブレイスウェイト……マロンの父。
ハリス・クウィリアン……金融会社社長。
ローランド・フィリップス……マロンの元雇用主。ハリスの義弟。
フェイ・フィリップス……ローランドの妻。ハリスの妹。

1

あまりにも気が動転していたので、マロンは重厚な玄関ドアの取っ手をまわすのもやっとだった。

まもなく元雇主となる男性があとを追ってくるかと思うと、よけいに力が入る。

「何もそんなに……」ろれつのまわらない彼の声がしたが、マロンはその続きを聞いているつもりはなかった。震える手でドアを勢いよく開け、容赦なくたたきつける雨にもかまわず、脱兎《だっと》のごとく私道に飛びだす。

何度も振り返り、あとをつけられていないことを確かめるまで、走るのをやめなかった。五分ほどしてようやく歩調をゆるめたとき、エンジン音がして、ローランド・フィリップスが車で彼女を追う決心をしたかもしれないと気づいた。自分を追い越していく車がないので、マロンはまたしても恐怖にかられた。

あたりには人っ子ひとりいないばかりか、建物ひとつない田園風景が何エーカーも広がっている。車に追いつかれ、おそるおそる左側に目をやったマロンは、ローランド・フィリップスの車ではないとわかってほっとした。

運転手が女性ならいいのにと期待したが、あてははずれた。車の窓が静かに下がり、降りしきる雨を通して敵意に満ちた灰色の目がマロンの目をとらえた。

「乗って！」男性が手短に言った。

誰が乗るものですか！　ハンサムな男性にはうんざり。「いいえ、けっこうよ」

灰色の目がしばしマロンを観察する。「好きなようにするんだな！」三十代なかばと思える男性がそっけなく言うなり窓が閉まり、車はふたたび走りだした。

ローランド・フィリップスに襲われたショックが薄らいでいくにつれ、マロンは気づいた。ものすごい季節風が吹き荒れているなか、スピードを出して車を走らせるむちゃな人はいないと。

どこへ向かっているのかまったく見当もつかないまま、ローランド・フィリップスのいるアルモラ・ロッジからできるかぎり遠ざかりたい一心で、マロンは歩きつづけた。たしか、近くに人家は一軒もないはずだ。

サンダルがぴしゃぴしゃと音をたてはじめても彼女は気にしなかった。雨は勢いを増すばかりだ。

ずぶ濡《ぬ》れになるのはちっともかまわない。別の車が通らないかとそのほうが気がかりだった。運転手が女性なら、乗せてほしい。

ショックがさらに薄れ、濡れて寒いうえに惨めになるにつれ、灰色の目をした見知らぬ男性の誘いを受ければよかったと後悔しはじめた。

しかし、次の瞬間にはそんなばかげた考えをあざけっていた。男性なんてこりごり。みんないやらしいんだから！　義理の父、義理の兄、元ボーイフレンド、それに最近では元雇主がそのいい例だ。

雨は激しくたたきつけている。これ以上ずぶ濡れになりようもないので、マロンは足を止め、自分の置かれた状況を見極めることにした。アルモラ・ロッジから少なくとも二キロくらいの距離はあるだろう。コットンのワンピースのまま飛びだしてきたのは、観測史上もっとも雨の多い夏かもしれないなどと悠長なことを考えていられないほど憤慨していたからだ。それに、二階へ駆けあがってハンドバッグをとりに行こうとも思いつかなかった。あのときは、酔っ払ったローランド・フィリップスとのあいだに少しでも距離をあけることしか念頭になかった。ローリーと呼んでくれですって？

マロンは沈んだ気分でふらふらと歩きつづけた。この辺の地理には詳しくないし、どこへ行くというあてもない。こんな悪天候に車で出かけるほど無鉄砲な人が通りかかって、自分を乗せてくれるのを願うばかりだ。

だからあの灰色の目をした男性は止まってくれたのだろうか？　車の革張りの内装を台なしにする、ずぶ濡れの人間を乗せるのはあまり気が進まないというような口ぶりだったけれど。

車のエンジン音が聞こえ、マロンはわれに返った。雨脚が少し弱まったようだ。彼女は用心深く視界に目を凝らした。

車が近づいてきて、やがて止まった。窓が開くと同時にまた雨が降りだした。マロンのまじめくさった濃いブルーの目が、冷たい灰色の目と出合う。彼が戻ってきたのだ。

その男性はほほ笑むこともしなければ、車に乗るよう誘いもしなかった。「もう懲りたかい？」言ったのはそれだけだ。

きっと金髪が頭に張りつき、体の線もあらわなほどワンピースはずぶ濡れで、文字どおり濡れねずみになっていることだろう。

マロンは震えがちなため息をついた。選択肢は二つしかない。いつまた車が通りかかるかわからないまま彼を追い払うか、彼の車に乗るか。一見、悪い人ではなさそうだ――そんなことはなんの保証にもならないけれど。

「乗せてくれるの？」びくびくしながら尋ねる。

男性は返事をする代わりに、助手席側のドアを開けた。それから冷静にボタンを押して運転席側の窓を閉める。

マロンはどこか暗い隅っこにでも身をひそめ、大声で叫びたかったが、ためらったのはほんの一瞬だった。まだ警戒心を解いてはいないけれど、挫折《ざせつ》感があるのは否めない。

車の前をまわり助手席に乗りこんだマロンに、見知らぬ男性が手を伸ばしてきた。彼女はびくっとした。ぼくに対する警戒心は見逃さなかったぞと言わんばかりに男性が鋭い視線を向けてくる。そしてヒーターの温度を上げ、温風が彼女のほうへ流れるよう向きを調節した。

マロンはとっさに謝ろうとした。だけど何を謝ればいいの？　男性はみんな薄汚い生き物よ。彼だって例外じゃないわ。

一キロほど走ったところで男性が尋ねた。「それで、どこへ行くんだ？」

彼の親切に対してお礼を言うべきかとも思ったが、世間話をしたくなかったので、マロンは疲れた声で答えた。「別に」

いらだたしげな吐息がもれた。「言い方を変えよう。どこへ送っていけばいい？」

彼はいらだっているの？　だとしたら、お気の毒さま。「どこへでも」どこにいるのかさえ皆目見当がつかない。この辺の地理はまったく知らないのだから。

男性が助手席のほうに顔を向け、マロンを眺めまわした。「どこから来たんだ？」ぶっきらぼうに尋ねる。

マロンは相変わらず警戒心を解いていなかったが、さっきより体が温まったせいで、いくぶんリラックスしてきた。この人はわたしを車に乗せたことに少しうんざりしているみたい。早く返事をしなければ、ドアを開けて降りろと言われかねない。車内は暖かかった。

雨のなかをまたしてもびしょ濡れになって歩くには、疲れすぎている。「アルモラ・ロッジよ。アルモラ・ロッジから来たの」アルモラ・ロッジと言ってもわかるかどうか。

だが、彼は知っていたようだ。「そこへ連れていってほしいのか？」

「とんでもない！　あそこへは帰りたくないわ、二度とごめんよ」

マロンはまたしても灰色の目で見られているのを感じたが、気にするには肉体的にも精神的にも疲れすぎていた。彼は無言のままさらに数キロ車を走らせてから速度を落とした。マロンの体を恐怖が貫く。野原のまんなかに立っている廃墟《はいきょ》のような大きな建物が右手に見える以外、この先何キロも人家はない。

彼はさらに速度を落とし、荒廃しきった敷地のなかで唯一まともな部分をめざして車を進めた。門扉のない入口の両側に立つ石柱には、ハーコート・ハウスと書かれている。「どこへ連れていくつもり？」マロンは怯《おび》えた声を出した。このあたりの瓦礫《がれき》や、今にも崩壊しそうな建物の下に埋められようものなら、長いあいだ誰にも気づかれないに決まっている！

恐怖に怯えたマロンの声とは対照的に、男性の声は少しばかりいらだってはいたものの、落ち着いていた。「どうやらとんでもないお荷物を抱えこんだようだな。どこへ行きたいのかもわからない女性を乗せるとは。ぼくは荷物をとりにここへ立ち寄っただけだ。とてもなぞなぞ遊びにつきあっている気分じゃない」

「ここに住んでいるの?」信じられない思いでマロンは声をあげた。

「ここは今改修中で、住んでいるのはロンドンだ。今週は来るつもりじゃなかったが、雨の予報を聞いて、腐っていた屋根を修理してくれたかどうか確かめに、ゆうべ来たところだ」それ以上詳しい説明をする気はないようだ。「ぼくはあれこれすることがあるから、少し時間がかかるかもしれない。ホームレスの施設にきみを送り届けるまで車のなかで肺炎を起こしているか、暖かいキッチンで濡れた服を乾かすか、好きにすればいい」彼は家の裏手に車をまわして止めた。

マロンはしばしぽかんとしていた。ホームレスうんぬんに関しては意識がまわらないまま、自分のワンピースに視線を落とす。

驚いたことに何箇所かかぎ裂きができている。争ったときに生地が裂けたのだろう。濡れたせいで透けて見えるブラジャーは左胸の丸みをあらわにしていた。ピンク色の頂まではっきり見える。

「いやだ!」顔が紅潮し、屈辱から今にも涙がこぼれそうになった。

「ぼくの前で泣くなよ。さあ、なかに入ったほうがいい」元気づけるように言い、車を降りた彼は助手席側のドアを開けにまわってきた。

マロンはじっとしていた。とんでもない恐怖に襲われたばかりで、すぐにまた人を信用するなんて、できるわけがない。ありがたいことに雨は小降りになってきた。長身の男性は身をかがめて彼女の様子をうかがっている。マロンは左手で胸を隠し、断じて降りようとしなかった。

「あなた、まさか……」質問しかけて、最後まで言う必要はないことがわかった。灰色の目がじっと見つめている。そしてマロンがとんでもない質問をしたとでもいうかのように、哀れな格好をしているに違いない彼女の体を眺めまわした。「まず、ありえないね」決して褒め言葉ではないのに、これほどマロンを安心させる返事はなかった。用意ができたら自分のあとについてくるよう言い残して、彼は裏のドアを開け、改修工事真っ最中と思われる建物のなかへ入っていった。

車から降りたマロンは、あちこちに置いてある大工道具のあいだを注意深く縫っていった。裏手の廊下は暗く、長さがまちまちの材木が転がっている。雨の午後で、あたりは薄暗かった。行く手に明かりがつけられている。電気工事が進んでいることからして、ハーコート・ハウスはもはやかつてのような廃墟ではなさそうだ。

ワンピースの前をかきあわせ、マロンは明かりのほうへ近づいていった。灰色の目をした男性が電気ポットで湯を沸かそうとしていた。驚いたことに、そこは最新式の設備をそなえたキッチンだった。

「あなたの奥さんは、何がいちばん大事かよくわかってらっしゃるようね」部屋のなかに入ったものかどうか、マロンは戸口でためらった。

「妹だ」彼は引き出しからタオルをとりだし、マロンの近くにあるテーブルに置いた。

「ぼくは結婚していない。妹のフェイに言わせると、家の中心はキッチンらしい。彼女が必要だと思うものをそろえるのにまかせている」

マロンは数歩なかに足を踏み入れたが、彼が紅茶をいれているあいだも用心深く見守っていた。

「向こうに電気ヒーターがある。そばに立っていたら？　でも考えてみたら、濡れたままの服でいるわけにもいかないな。紅茶を飲んでいてくれ。着替えのシャツを探してくるよ」

彼がシャツとズボン、ソックスを持って戻ってきたときも、マロンは同じ場所に立っていた。

「あっちに乾燥機がある。いずれ家事室になる場所だ。キッチンのドアには鍵《かぎ》がかかるから、ぼくが用事を片づけているあいだに着替えたら？」

彼が精いっぱい親切にしてくれているのはわかるけれど、誰であれ簡単に信用するわけにはいかない。マロンはなおもぐずぐずしていたが、ようやくドアのほうへ行き、鍵をかけた。週末は職人たちがいないようなので、キッチンに鍵をかけられるようにしたのはいい考えだ。

マロンは急いでタオルを使った。ワンピースは乾燥機のなかでまわっている。彼が持ってきてくれた服に着替えて温かくなったおかげで、自分がどんな格好をしていようと気にならなくなった。マロンは身長が百七十五センチあったが、彼はさらに十五センチは高そうだ。彼に借りたシャツの袖《そで》をまくりあげ、ズボンの裾《すそ》を引きずらないよう、これまたたくしあげる。だが、どうやってとめておこうかと途方に暮れた。問題はすぐに解決した。廊下にあった材木が粗いより糸で結んであるのを思い出したのだ。

男性が戻ってくる足音がするころには、ハンドタオルのいちばん大きいのを濡れた頭に巻いたマロンは、ずっと気分がよくなっていた。

あちこちの食器棚をのぞき、ティーカップのセットを見つけた。彼の妹フェイはキッチンを整理整頓《せいとん》するばかりか、缶詰やレトルト食品もたっぷり用意していた。

キッチンのドアから灰色の目をした男性が入ってくるなり、マロンは勝手なふるまいをしたことをなかば謝るように言った。「紅茶が濃くなりすぎるといけないから、ついでおいたわ」

「気分はどう?」彼は二人分のティーカップを大きなテーブルに運んだ。マロンのために椅子を引き、自分はテーブルの反対側にまわって彼女が座るのを待つ。

「体が温まったし、髪も乾いたわ」彼が引いてくれた椅子にマロンは安心して腰を下ろした。

「名前を教えてくれる？」彼がきりだした。「ぼくはハリス・クウィリアン」自分のほうから名乗ったら、紅茶を一緒に飲んでいる相手の名前がわかるかもしれないと思ったのだろう。

マロンは今日の午後の出来事のせいですっかり動揺し、いつもほど陽気な気分ではなかった。「マロン・ブレイスウェイト」黙っているわけにはいかなかったが、それ以上つけ加えるつもりもない。部屋に沈黙が漂う。

ハリスはひと口飲んでカップを下ろした。「ほかに言うことはないのかい？」

ないわ！　濃いブルーの瞳を輝かせてじっと彼を見つめているうちに、美しい肌が紅潮してきた。この人には、そっけない返事ではすまされない、きちんとした説明をするだけの借りがある。そう気づいて、マロンは震えがちな息を吸いこんだ。彼にはわざわざ車を止めて乗せてくれる義理などなかったのだ。着替えを用意してくれる必要もなかった。ハリス・クウィリアンの親切心のおかげで自分は今暖かく、さっぱりした気分でいられるのだとマロンは認めた。人に対する信頼感をとり戻しつつあると認めざるをえない。

「な、何を知りたいの？」

大して関心があるわけではないとでもいうようにハリスは肩をすくめたが、ともかく状況を要約しようとした。「見たところきみは若そうだし、なんらかの問題を抱えている。最後にいた場所にだけは絶対に戻りたくないようだが、かといって、どこへ行くというあてもない。きみをそこまで怯えさせるからには、アルモラ・ロッジで何かあったはずだ。話してみたらどうだい？」

彼に打ち明ける気は毛頭なかった。「あなたは私立探偵なの？」

ハリスは首を振った。「シティで働いている。金融業だ」

この家を改修するにはかなり費用がかかりそうだし、身なりからして金融業界でもトップクラスの人だろうとマロンには思えた。それでも、彼の質問に答えるつもりはない。

ハリスは言い方を変えた。「そもそも、なんの用があってアルモラ・ロッジを訪れたんだ？」なおもマロンは黙っている。彼女同様、ハリスも頑固だった。なんとしてもマロンから返事を引きだそうとしつこく繰り返す。「アルモラ・ロッジはここと同じくらい人里離れている。なんらかの交通手段がなければ行けなかったはずだ」

「やっぱり私立探偵になればよかったのよ！」マロンはしだいに腹が立ってきた。金融業界の大立者ハリス・クウィリアンが親切な人だなんて、とんでもない。

「マロン、車のキーも持たずに飛びだしてきたからにはよほど動揺したはずだ。何があったんだ？」

「キーを持って出なかったのは、車を持っていないからよ！」

ようやく彼女に口を割らすことができた。ハリスはほほ笑んだ。「じゃあ、どうやってあそこへ？」

なんて憎らしい人かしら。「ローランド・フィリップスが駅まで迎えに来てくれたのよ、三週間半前にね！」

「三週間……」ハリス・クウィリアンの表情が曇り、言葉がとぎれた。「あそこに住んでいたのか？　フィリップスとアルモラ・ロッジに？　彼の愛人というわけか！」

「冗談じゃないわ！」マロンは叫んだ。「わたしが彼とベッドをともにしなかったから、今日の争いになったっていうのに！」

涙こそ出なかったが、マロンが体を震わせた瞬間、ハリス・クウィリアンは立ちあがった。慰めようとしたのか、彼女のほうへ一歩足を踏みだした。男性からどんな慰めも欲しくない。マロンは急いで一歩下がった。ハリスが足を止めた。

次に口を開いたとき、ハリスの声は穏やかで、なだめるような調子に変わっていた。

「彼と争ったのか？」

「実際に殴られたわけじゃないけど。それでも彼がわたしをつかんだ強さからして、体のあちこちに痣《あざ》ができていたとしても驚かないわ。わたしが彼から逃げようとしたと言ったほうが正解かも。彼はお酒を飲んでいたけど、力は強かった」

「彼に何かされる前に逃げだしたんだね？」

「ええ、まあ」マロンはささやくような声になった。思い出しただけで気分が悪くなる。そこで彼女が青ざめたに違いない。ハリスが言った。

「マロン、やっぱり座ったほうがよさそうだ。ぼくは乱暴はしない。約束するよ」

彼が乱暴しようとしまいと、マロンにも座ったほうがいいと思えた。「その話はしたくないの」

ハリス・クウィリアンはふたたびテーブルの向こう側に腰を下ろし、冷静な声で言った。

「きみはショックを受けたんだ。それもかなりひどいショックを。何もかも話してしまったほうが楽になるよ」

彼に何がわかるの？　マロンは切り返した。「あなたには関係ないでしょう！」

「大ありだね！　話してくれ、マロン。さもなければ……真剣に考えなければならないんだ……きみを警察に連れていくから。ローランド・フィリップスの暴行を届け出るんだよ」

「そんなことできないわ！」警察がローランド・フィリップスを暴行容疑で告発しても当然の報いだけれど、ほかのことも考慮しなければならない。暴行容疑の告発とそれにともなう世間の注目にマロン自身は立ち向かう覚悟があったが、母に多大な心配をかけることになる。母は不幸な年月を過ごした末に、ようやく幸せになろうとしているところだ。その幸せに暗い影を落としたくない。

マロンはハリス・クウィリアンをにらみつけた。同じくらい頑固な彼が見つめ返してくる。

「どちらにするかはきみが決めることだ」

マロンはなおも彼をにらみつづけた。相手は動じる様子もない。いったいどうしたっていうの？　たしかに車に乗せてくれたし、着替えも貸してくれた。マロンは彼から視線をそらした。破れてはいるものの、ワンピースが乾いたころだ。視線をキッチンの窓に転じた彼女はがっかりした。またしても雨が激しくたたきつけている。

「彼のところで働いていたのよ」マロンは無表情につぶやいた。

「ローランド・フィリップスのところで？」

「住み込みの家政婦の広告が出ていたの。事務ができる家政婦募集って。ちょうど住む部屋を探していたから、住み込みの仕事は好都合だと思って応募したの」

「そして彼から返事が来たわけか？」

「電話がね。彼は食品チェーン店のヨーロッパ・コーディネーターをしているから、自宅にはめったにいないという話だったのに……」

「彼についてあらかじめ調べもせず、一緒に住むことに同意したのか？」ハリス・クウィリアンが厳しい口調で尋ねた。

「あとになってみればなんとでも言えるわ！　すぐにでも始められる人がいいと言われて、わたしには好都合だったのよ。彼は結婚していると言っていたし……」

「奥さんに会ったのか？」

「奥さんは海外に行っているらしいわ。子供のための慈善団体の仕事をしていて、海外支社の視察に出かけたところだって。そのことはアルモラ・ロッジに着くまで知らなかったけど、別に気にならなかった。ローランド・フィリップスも留守にすることが多いから。この週末までほとんど会う機会もなかったくらい」

「週末ずっといたのは今回が初めて？」

マロンはうなずいた。「金曜日の夕方にやってきたの。彼は……」

「何？」ハリスが先をうながす。

「彼は、その、金曜日はなんともなかった。きのうも。わたしとしてはなんとなく落ち着かなかったけど……言葉そのものより、その裏にあるあてこすりっていうか……」

「だけど、ロッジを出るほどのことはなかったというわけだ！」

いやな人。「どこへ行けばよかったの？　母は最近再婚したばかりだから、一緒に住むのは申し訳ないと思ったのよ。それに、ローランド・フィリップスのところで働きはじめて一カ月もたっていないから、お給料をもらうまではどこへも行くお金がなかったし」

「全然？」

マロンはますますハリスに嫌悪感をいだいた。自分の身に起こったことを打ち明けるだけでも恥ずかしいのに、今夜も泊まるところがないのを認める屈辱に耐えなければならないとは。「彼は家計費を置いていってくれなかったの。二キロほど離れた村の店から生活用品を仕入れるのに持っていたお金を使ってしまって」

「彼に家計費を請求しようと思わなかったのか？」

「いったいなんなの？」マロンは彼の尋問が気に入らなかった。だがじっと見つめる冷たい視線に、思わず白状してしまった。「それじゃあまりにもけちくさい気がしたのよ。お給料をもらうときに言えばいいと思ったの。とにかく、ローランド・フィリップスはお酒を飲みすぎて……それで……汚らわしい手でさわらないでと言ったら、その気がないようなふりをして彼をじらしていると思われたみたい。彼を押しのけて、やっとの思いで自由の身になったのに、お金の相談をしようなんて思いつくわけがないでしょう。大急ぎでドアから飛びだすのが精いっぱいだったわ。話はこれで全部よ。満足？」

それに対する返事を聞く機会は失われた。突然頭上ですさまじい音がしたのだ。

ハリス・クウィリアンはすぐさま廊下に飛びだし、階段を一段おきに駆けあがっていった。マロンもあとについていく。いたるところが水浸しだった。寝室のひとつに通じるドアが開いていて、マロンはためらうことなく手伝いに行った。屋根のどこかがまだ修理されていないのは明らかなのと、この雨では……二人が聞いたすさまじい音は、寝室の天井が崩れ落ちたときのものだった。

「バケツはどこかしら？」マロンは尋ねた。

一時間後、床の掃除をすませ、残骸《ざんがい》を寝室の片側にまとめてマロンはキッチンに戻った。

必要なだけの雑巾《ぞうきん》がなかったので、頭に巻いていたタオルも床を拭《ふ》くのに使ってしまった。

幸い、髪はすでに乾き、マロンがブロンドの髪を指でとかしているところへ、ハリス・クウィリアンが戻ってきた。

「手伝ってくれてありがとう。ものすごい働きぶりだったね」

マロンから見て、ハリスも重いものを持ちあげたり運んだりとなかなかの働きだった。

「共同作戦といったところよ」自分はさぞかし滑稽《こっけい》な格好をしているだろう。髪はくしゃくしゃだし、わずかばかりの化粧もすっかり洗い流されたうえに、大きすぎるハリスのシャツとズボンを身につけているのだから。二階で水のなかを歩きまわっていたので、ソックスはどこかへ消えてしまった。「この先どうするか、そろそろ考えたほうがよさそうだわ」マロンはできるだけ明るい口調を心がけた。

「アルモラ・ロッジに戻ろうなんて、考えないことだ!」敵意をむきだしにした声でハリスが吐き捨てるように言った。

まあ。わたしをすぐに怒らせるこつだけは心得ているのね。「わたしがそんな間抜けに見える?」マロンはかっとなった。しかし彼の助けが必要なのはわかっている。プライドを捨て、謙虚にならなければ。「わたし……考えたんだけど……その……ウォーリックシャーまで送ってもらえないかしら?」しぶしぶ尋ねる。

「そこにお母さんの家があるのか?」

「ほかに行くところがないもの」マロンは意気消沈した。「でも本当はそこへ行きたくないんだろう？」

「母は長年苦労して、やっと幸せになったばかりだから、よけいな心配をかけたくないの。とくに新婚の今は。だけど、今のわたしにはほかにどうすることもできないし」

しばらくためらったあとハリスが言った。「ぼくにはできる」

マロンは驚いて彼を見た。「あなたに？」

「少しのあいだだけ怒るのはやめて、ぼくの提案を聞いてくれないか」

「提案ですって！」マロンはすばやくドアに視線を走らせ、少しでも面倒なことをほのめかしたら逃げだそうと身構えた。

「安心しろよ、マロン。ぼくが提案しようとしているのはあくまで公明正大なものだ。きみは仕事を必要としている。それも、できれば住み込みの仕事を。そして今気づいたんだが、ぼくにはどうやら管理人が必要だ」

「管理人！　わたしに管理人の仕事をしないかと言ってくれているの？」

「引き受けるかどうかはきみの自由だが、知ってのとおり、ここは改修中だ。配管工や大工や電気工との連絡係をしてくれる人がいるとありがたい。全体に気を配ってくれる人がね。屋根が雨漏りしたら床にモップをかけたり。緊急事態が起こったときすぐに協力しようという意欲がきみにあることは、この日で確認したばかりだ。工事が進んだら、塗装工や、壁紙を張ったり絨毯《じゅうたん》を敷く職人を監督し、家具の搬入を見届ける仕事もある」
それ以上説明を聞くまでもなく、状況はのみこめた。しかし、マロンは前の雇主から恐怖の体験をさせられたばかりだった。短期間の管理人の仕事は好都合だし、少なくとも別の仕事を探すあいだ雨露をしのぐ場所の心配はいらないわけだが、またださまされるつもりはない。

「どんな落とし穴があるのかしら?」自分が抱えている問題に対するまたとない解決になることは考えないようにして尋ねる。

「家のなかでこのキッチンがいちばん居心地のいい場所だという以外に、落とし穴はない。きみとぼくはお互いに……」

「わたしはどこで寝るの?」

灰色の目がしばし彼女を観察した。「男を信用していないんだね?」静かに言う。

「わたしが誰とでもすぐにベッドをともにする女だと思っている男性にはうんざり、と言わせてもらうわ!」

「フィリップス以外の男とも不愉快な経験をしたことがあるという意味か?」

マロンは無視を決めこんだ。ローランド・フィリップスとの出会いは最悪だったが、義父や義兄、移り気な元ボーイフレンドとのことをハリスに話す気はさらさらない。「わたしはどこで寝るの?」彼女は執拗《しつよう》に繰り返した。仕事の申し出を真剣に考慮していることは相手に伝わっているはずだ。

「目下のところ、住める状態の寝室は二部屋しかない。きみには片方の部屋がふさわしいだろう。それも模様替えがまだだし、家具らしい家具も置いてないけどね。家具が置いてあるのはぼくがここで週末を過ごすときに使う寝室だが、今夜はロンドンに戻るから、ベッドをもう一台届けさせるまではきみが使ってくれ。たぶん明日か火曜日になるだろう。ここでひとりになるのはかまわないかい？」

「むしろありがたいわ」マロンには事態の急な進展が信じられないくらいだった。

「よかった。さっそく、明日の朝いちばんで秘書に家具の手配をさせるよ。週末までにはきみも自分の寝室に落ち着けるだろう」

「あなたは……次の週末もここへ来るの？」

「きみはいつもこんなに用心深いのかい？」

「いつも用心深かったら、こんな状況には陥らなかったわ！」

ハリスは納得した。「つまり、ぼくが同じ屋根の下に泊まるのを恐れているってわけか？」マロンが何も答えようとしないので、彼は続けた。「ここを買ったのは、週末ロンドンを離れてくつろげる場所が欲しかったからだ。ハーコート・ハウスは完成にはほど遠いけど、きみがここに残ってくれるなら、何か問題があったときは、ぼくか秘書にいつでも連絡してくれ。ほかにも天井が抜け落ちたとか、改修業者を追い払うとか、そういうもろもろのことを。引き受けてくれるなら、金曜の夜か土曜日にはきみをホテルへ案内して、ぼくがロンドンへ帰る前にまたきみを迎えに行く。それでどうだい？」

「期間はいつまでかしら？　落ち着いたらもっと長期の仕事を探したいの」

「三カ月以内に工事が終わるとは思えないが、それより早くきみがほかの仕事を見つけたときは引き止めないよ」

マロンは大きく息を吸い、気が変わらないうちに言った。「お引き受けします」問題が解決したところで急に自分の身なりに気づいた。「わたしの服！　これから三カ月間もあなたのシャツとズボンで暮らすわけにはいかないわ」

「それなら、アルモラ・ロッジまできみの荷物をとりに行こう」

「あなたが一緒に来てくれるの？」

「きみをひとりで行かせるなんて考えるはずがないだろう」ハリスは腕時計で時間を確かめた。ふたたびマロンの顔に視線を戻したとき、彼の目に浮かんだ硬い表情は、彼女の目を引きつけずにはおかなかった。「ほかのことはさておき、義理の弟と話をしに行くちょうどいい機会だ」

言葉もなくマロンはまじまじと彼を見た。何も考えられなくなった。「義理の弟ですって？」

出かけるのが待ち遠しいとでもいうかのようにハリスはキッチンのドアに歩み寄り、明《めい》瞭《りょう》な口調で言った。「ローランド・フィリップスはぼくの妹フェイの夫だ」

マロンはあっけにとられた。ハリス・クウィリアンに何を話したか、とっさには思い出せない。彼の妹の夫がマロンを陵辱する意図で暴力をふるったと、これ以上ないほどはっきり口にした以外は。

ハリス・クウィリアンに対する怒りがふつふつとこみあげてきた。どうしてわたしの話を黙って聞いていたの？　彼がローランド・フィリップスの義兄だと知っていたら、あんな話はしなかったのに。

わたしから話を聞きだそうとしてわざと黙っていたのだ。そうに決まっている！　彼は故意に……。彼は……どうしてこんなまねができるの？

2

マロンは怒りのあまり、爪が半分の長さになるまで噛《か》めそうな気がした。「言ってくれればよかったのに！　わたしに洗いざらい話させておいて、自分はそのあいだ黙っているなんて」

「さっきの話は本当じゃなかったのか？　今になって嘘《うそ》だったと言うのか？」

「嘘じゃないわ！　わたしが嘘をついていないことくらい、わかりきっているでしょう！」コットンのワンピースしか着ていない格好で、大雨のなかを面白半分に散歩に出かけたとでも思ったの？

「だったら、どうしてそんなにかっかしているんだ？」ハリスの口調は容赦ない。

「だから、それは……あなたが彼と親戚《しんせき》関係にあると知っていたら、さっきみたいな話はいっさい教えなかったわ！」

「親戚といっても義理の関係だ」ハリスは歯を食いしばった。あんな虫けら同然の人間と血がつながっていると思われるのは明らかに侮辱だ。

「妹さんには何も話さないわよね？」

「話してはいけない理由があるのなら、教えてほしいね」

「話したら、二人の結婚に取り返しのつかない事態を引き起こすわ。それがわからないの？」

「すでに取り返しのつかない事態になっている。フェイと、夫とは名ばかりのあの男は、三カ月前に別居した」

「まあ」怒りは吹き飛んだ。「彼はそんなこと言わなかったわ。彼の奥さんが仕事で海外に出かけたのはつい最近だという口ぶりだったもの」

「フェイがいたような痕跡《こんせき》を何か見たのか？」

「それだってあと知恵じゃないの。今になってみれば、ロッジにはしばらく女性の手が入っていなかったみたいと言えるけど、事情がわかったからこそ言えることよ」

「きみが到着したときは掃除が必要な状態だったのか？」

控えめな表現をすればね。「もっと早く家政婦の広告を出すべきだった、とでも言っておこうかしら。彼とあなたの妹さんは正式に別れたの？」

「いや。フェイに言わせると、試験的な別居らしい。冷却期間を置いたらよりが戻るんじゃないかと、期待しているようだ」

「まあ！」いくらかでも頭のいい女性なら、ローランド・フィリップスみたいな男性と恋に落ち、しかも結婚までして、なおかつ一緒にいたいと思うだろうか。マロンには驚きだった。「あなたがわたしのことを話したら台なしじゃないの」

「話さないほうがいいと言うのか？　彼がどんなことをしでかす男か知らないまま、彼のもとへ戻ったほうが妹のためになるとでも？」

「妹さんはすでに知っていて、それでも彼を許すほど愛しているのかもしれないわ」

「あいつがきみにしたのは許されないことだ！」ハリスの口調は荒々しかった。

「わたしも……その意見には反対しないけど」

そこで話題が変わった。「用意ができたら、きみの服をとりに行こう」

マロンは急に気づいた。ローランド・フィリップスが彼女に無理やり脱がせようとした服を着るなんて、耐えられない。「わたし、見られた格好じゃないでしょうね」

「気になる？」

「ちっとも！」濡《ぬ》れたままのサンダルをはいたマロンはドアのところで彼に追いついた。

アルモラ・ロッジに近づくにつれ、マロンは神経質になっていった。ハリスがロッジの前で車を止めるころには体が震えだしていた。

「一緒に来てくれる？」

「どこまでも一緒に行くよ」

玄関に鍵《かぎ》はかかっていなかった。マロンの隣に立つハリスは背が高く、怒りをあらわにしている。彼はノックもせず、いきなり入っていった。ローランド・フィリップスの姿はどこにもない。

「一分で戻る。きみのほうが先にフィリップスを見かけたら、大声で呼んでくれ」

ハリスが応接間をのぞきに行ったあいだ、マロンはびくびくしながら階段の下で待っていた。やがて、うめき声に続いてどしんという音が聞こえた気がしたが、何事か調べに行く気はなかった。

約束どおり、一分とたたないうちにハリスが戻ってきた。階段をのぼるときも、スーツケースに荷物を詰めるあいだも、彼はそばにいてくれた。

ローランド・フィリップスが今にも現れるに違いない。そんな思いに胃が締めつけられる。しかしまもなく、彼女は車の助手席に、ハリス・クウィリアンの隣に座っていた。元の雇主の姿を見ることはなく、気分が軽くなってきた。

「ありがとう」アルモラ・ロッジを離れると、マロンはひと言礼を言った。

「どういたしまして」ハリスの声には、本当に喜んでいるかのような響きがあった。マロンの目はハンドルを握る彼の手に引きつけられた。右手の拳《こぶし》がかすかに赤くなっている。

「ロッジにローランド・フィリップスがいたんじゃないの？」先ほど、うめき声とどしんという音が聞こえたことがふと思い出された。「手が赤くなっているわ。あなたにそんな思いをさせるなんて、ひどい人ね！」止める間もなく、言葉が勝手に口をついて出た。

「それだけの価値はあったさ」ハリスが言う。

マロンは視線を転じ、運転席の彼を見た。がっしりした顎、引き結んだ唇、落ち着いたまなざし。彼女はハリスが好きになりはじめていた。「フィリップスを殴る口実には事欠かなかったわね」妹が夫とよりを戻したがっていたので、今まではフィリップスを殴りたい衝動を抑えていたのだろう。けれど、今日のフィリップスの行状がハリスには彼を懲らしめる格好の口実になったのだ。

「いかにも。だけど、残念ながら彼がまだ酔っ払っていたんで、一度殴るだけで充分だった」

マロンはほほ笑まずにはいられなかった。いい気分だ。

ハーコート・ハウスに着くと、ハリスがスーツケースを二階まで運んだ。使える状態だという二つの寝室は隣りあっていた。まだベッドの入っていない部屋に彼女の荷物を置いてから、ハリスは隣の部屋へ案内した。

「シーツやタオルのたぐいはフェイがたっぷり用意してくれたから、あとはきみにまかせるよ」戸口でためらっているマロンに、ハリスはさりげなく言い添えた。「両方の寝室のドアに鍵をつけてもらうよう、明日手配しておく」そして一泊用の旅行鞄《かばん》をとりあげた。「ぼくはそろそろ帰るとするか」

今夜は大事なデートがあるのだろうとマロンは想像した。彼には楽しんでほしい。

「本当に親切にしてもらって。あのとき、あなたが引き返してきて乗せてくれなかったら、どうなっていたかわからないわ」

「ぼくもきみに助けてもらったんだ。それを忘れないで」ハリスは財布をとりだし、紙幣の束をマロンに渡した。「これまでの経験からして、給料は先払いのほうがいいだろう」

「そんな……」彼女は抗議しかけた。

「ぼくを困らせないでくれ、マロン。きみはきっとそれだけの働きをしてくれる気がする。大勢の職人にお茶やコーヒーを出すだけでもひと仕事だからね。食品棚に入っているものは好きに食べてくれ。きみのためにあるんだから、遠慮しないで」彼はマロンの華奢《きゃしゃ》な体に視線を走らせた。ゆったりした服を着ていても、体の線は隠せない。

マロンは必死で平静を保とうとした。大きく見開いた濃いブルーの目に困惑の色を浮かべ、落ち着き払った灰色の目を見つめる。彼はもはやほほ笑んでいなかった。

「マロン、きみは美しい顔にすばらしい体つきをしている。それに今日は恐ろしい経験をした。でもぼくを信用してほしい。出会った男がすべて、きみの体目当てに近づくわけじゃないんだから」

マロンは喉のつかえをのみこんだ。この人はたまにそっけなく辛辣《しんらつ》なことを言うものの、とても親切にしてくれたこともたしかだ。「それは、百万年たってもないということ?」

笑ったハリスに、マロンも安心してほほ笑みかけた。

「まあ、そのようなものだ」

「だったら帰って」給料を前払いしてもらったからには彼は自分の雇主ということになる。それを思い出して、マロンはつけ加えた。「ください」

彼女が元気をとり戻したのが、ハリスにはうれしかった。名刺を渡しながら言う。「何かあったら連絡してくれ。本当にひとりで大丈夫？　怖くないかい？」

「大丈夫よ。実は、長いあいだ経験したことがないくらい気分がいいの」

マロンをしばし見つめていたハリス・クウィリアンは、納得がいったのか短くうなずき、旅行鞄と車のキーを手にした。「金曜日にまた来るかもしれない」それだけ言い残して去っていった。

その夜、マロンは悪夢にうなされつづけた。何かに脅されているような不安な思いで何度も目が覚め、四時に起きたときには夜が明けようとしていた。そして空が明るくなるにつれ、少しずつ気持ちが落ち着いていった。

改修工事が終わり、家具や調度品が搬入されれば、ハーコート・ハウスはかつての栄光をとり戻すだろう。マロンは昔の大きな邸宅が好きだった。自分もそういう家で育ったから。

そこで彼女の目に陰りが生じた。過去を振り返っても仕方のないことだけれど、幸せだった子供時代を思い出さずにはいられない。惜しみなく愛情をそそいでくれた両親、両親が計画していたひとり娘の将来。そのすべてが九年前に跡形もなく消えてしまったのだ。

マロンが十三歳のときだった。母と二人で、父の帰りを待たずに夕食を始めようかと迷っていた。父サイラス・ブレイスウェイトは外科医長で時間帯に関係なく仕事をしていたので、食事の時間が遅れることは珍しくなかった。先に食べましょうと母が決心したとたん、玄関のベルが鳴った。やってきたのは同僚のひとりで、彼から父が交通事故にあったと知らされた。

病院側はあらゆる手を尽くしてくれたが、けがの状態から判断して助かる見込みが少ないことは初めからわかっていたようだ。

愛してやまない父を失い、マロンは完全に打ちひしがれた。母のイブリンは呆然《ぼうぜん》とするばかりで、何事にも対処することができなくなった。薬の力を借りてその日その日を乗り切るのがやっとで、父と一緒に死んでしまったほうが幸せだったのではないかと娘のマロンが思うほどだった。イブリンがなんとか生きていけたのは、ひとり娘がいればこそだったに違いない。

夫の死から二年後、イブリンはアンブローズ・ジェンキンズと出会った。彼はマロンの父とは正反対の人間だった。サイラス・ブレイスウェイトが物静かで謙虚で勤勉だったのに対し、アンブローズは騒々しく自慢好きで怠惰だった。それでも最初は母にとって心の支えになっていたようなので、マロンはアンブローズ・ジェンキンズを受け入れた。

だから、アンブローズと出会って何週間もたたないうちに結婚すると母に告げられたとき、マロンは母を抱きしめ、キスまでして、喜んでいるふりをした。アンブローズには二十七歳になるリーという息子がいた。マロンは虫ずが走るほどリーが嫌いだったが、母のためを思えばこそ結婚式のあいだにこやかにしていたのだし、アンブローズが引っ越してくるのも我慢した。

マロンが予期していなかったのは、リー・ジェンキンズも一緒に越してきたことだ。当時彼女は花のように愛らしい十五歳で、美しいブロンドの髪や曲線が目立ちはじめた体を誇りに思うどころか、だぶだぶのセーターで体の線を隠したり、ゴムで髪をひとつに束ねたりしていた。そんなマロンにリーが言い寄らない日はなかった。

つらい時期をようやく乗り越えた母にその事実を話すことはできなかった。ある日、マロンが身支度を終えたところへリー・ジェンキンズが入ってきて、危うく迫られそうになったが、それでも母には言えなかった。

「出ていって！」

「そんなこと言うなよ」リーは自分をセクシーだと思っていたが、マロンには嫌悪感しかいだかせなかった。彼は部屋を出ていくどころか、ずかずかと奥まで入ってきて彼女に挑みかかり、キスしようとした。

マロンは彼に噛みついた。リーは下品な言葉を口にしたが、彼女は気にもとめなかった。

彼が手を離したすきに、マロンは部屋を飛びだした。

言いようのないショックを受けたことを母に打ち明けたかったが、母を守らなければという気持ちのほうが強かった。代わりに、ひとりで寝室にいるときはいつもドアノブの下に椅子を立てかけるのが習慣になった。

さらなる恐怖は、母が再婚して一年もたたないうちのことだった。アンブローズがその好色な視線をマロンに向けてきたのだ。最初、マロンは自分の目が信じられなかった。ところがある日、応接間で彼女を隅に追いつめたアンブローズが、胸元を見ながら言った。

「子供だとばかり思っていたのにな、マロン。お父さんにキスしてくれないか？」

「気分が悪くなるわ！」

マロンは本当に気分が悪くなり、ベッドのなかで泣き崩れた。今度こそ母には話せないと確信した。そんな話を聞いたら、母は死んでしまうだろう。

マロンはなんとしても家を離れたかった。彼女にとっては、もはやわが家ではなくなっていた。亡くなった父が二人が困らないだけのものを遺《のこ》してくれたおかげで、金銭的な心配をする必要などなかったのに、このところ家計に余裕がなさそうなのは察していた。数日前、土曜日だけの仕事でも探してはどうかと母が提案した際、一時的にでも経済的に困っているのとマロンは逆にきいてみた。

「それが一時的なものじゃないのよ、マロン。本当に困っているの」あまりにも惨めそうな母の表情は、見るに耐えがたかった。

父の遺産がどこへ消えたか、きくまでもなかった。アンブローズ・ジェンキンズが湯水のように使ってしまったのだ。マロンが気づいたときには、信じられないほど残り少なくなっていた。

リー・ジェンキンズも父親と同じく怠け者で、残り少ない母の財産を無駄づかいしていた。マロンは母に負担をかけたくなかったので学校を中退し、働きはじめた。

続く二年間は惨めなうちに過ぎていった。母の結婚生活がうまくいっていないのを目にして、マロンは自分が家を出ないでよかったと思った。イブリンはアンブローズ・ジェンキンズとの再婚がとんでもない過ちだったと気づいたものの、夫の露骨な女遊びをどうにかする気力など残っていなかった。

ジェンキンズ父子《おやこ》が二人とも出かけていたあの水曜日、仕事から帰ったマロンは、涙に暮れている母の姿を目撃した。「どうしたの？」マロンは驚きの声をあげた。

母の心のなかで離婚は決定的だったが、彼女が絶望していたのはそれが理由ではなかった。一年半前すでに貧しい暮らしをしていたころ、アンブローズが持ちだした儲《もう》け話を愚かにも信じたのだ。それはかなりの投資を意味した。

イブリンは金の扱いに慣れていないながらも、なんとかしなければと考えた末、家を担保に金を借りるよう説得された。

すべては惨めな結果に終わった。一年半後の今、結局投資は失敗し、財産を失ったイブリンからアンブローズは離れていった。そのうえ、自宅まで母の所有するところではなくなっていた。

「ここを出なければならないの。お父さまが買ってくださったこの美しい家を！」母は泣き崩れた。

娘に打ち明けるまでの母の苦悩をマロンは想像するしかなかった。だが翌朝、マロンが仕事を休んでフラットを探すと言いだす前に、事態をどうにかできないものか弁護士事務所に電話してみると母が言った。

その夜帰宅したマロンは、父が懇意にしていた弁護士事務所の所長ジョン・フロストが、母自身ともつきあいがあり、書類を綿密に調べた結果、母がだまされていたことが判明したと聞かされた。投資した金はほかならぬアンブローズ・ジェンキンズの懐に入っていたと。したがって、イブリンにはアンブローズに対して訴訟を起こすだけの証拠があるというのだ。

しかし、訴訟を起こしたところで、アンブローズに払える能力はなかった。「彼と離婚するほうを選ぶわ」母は決心した。

マロンは母の決断に拍手を送った。

離婚訴訟はジョン・フロストの専門分野ではなかったので専門家に依頼したが、母が長引く法的手続きに関して法律事務所に出かけるときは彼が同行し、励ましてくれた。

マロンは母親とともに小さなフラットに移った。家賃だけで彼女の給料の大半を占めたが、文句は言わなかった。ともかく、ジェンキンズ父子と同じ屋根の下に住まなくていいだけでうれしかった。

マロンの二十歳《はたち》の誕生日に、ジェンキンズ夫妻の離婚が成立した。今ではすっかり親しい存在になっていたジョン・フロストが、お祝いにマロンとイブリンを夕食に招待してくれた。

経済的にはかなり苦しく、母は自立しようと努力したが、外で働いた経験のない彼女には難しかった。マロンは見るに忍びなかった。愛する妻がこんなにも苦労しているところを見たら、父はさぞかし胸を痛めたことだろう。

「お母さんが働きに出る必要はないわ。なんとかなるわよ」マロンは主張した。

だが、母はおぼつかない表情で言った。「わたしも何か貢献しなくちゃ。あなたに悪いもの……」

「しているわ。立派に家事を切り盛りしているじゃない」

「でも……」イブリンは反論しようとしたが、本気で反論する気がないことはマロンにもわかった。

それからさらに一年半、マロンの給料だけで母娘《おやこ》はほそぼそと暮らした。

事態は突然、好転しだした。マロンとイブリンは妻を亡くしたジョン・フロストと何度か食事に出かけ、帰りには彼を二人の小さなフラットに招待するようになった。ジョンが母に夢中なのはマロンにもわかったし、彼が母を守ろうとしているのがうれしかった。

次にジョン・フロストが二人を夕食に誘ってくれたとき、マロンは間際になって〝仕事〟を口実に辞退した。

仕事の面でも事態は好転した。マロンは確実に実績を重ね、別の部署に配置転換になった。それとともに給料も上がり、古くなった家財道具をいくつか新調することができた。相変わらず蓄えはなかったものの、わずかながら生活は楽になった。

新しい部署には、自分と同じく二十二歳の平凡だけれども気立てのいい女性ナターシャ・ウォーレスと、三歳年上の男性キース・モーガンがいた。

二人とはすぐに親しくなった。そしてジョン・フロストと母のつきあいが深まるにつれ、マロンはナターシャと出かける機会を増やし、キースもときどき加わった。

ジェンキンズ父子のせいで男性との接触を避けるようになったマロンは、それをとくに気にしてはいなかったが、どんな男性とも恋愛関係になることは考えられなかった。

四カ月たったころ、キースに対して温かい感情をいだいている自分に気づいた。彼のほうもマロンに好意をいだいているのを感じて、彼女は驚くと同時にうれしかった。

三人はいつも一緒に行動しているわけではなかった。バイオリンの特訓を受けていたナターシャを残し、マロンとキースの二人で外出することが多くなった。

今ハリス・クウィリアンのベッドに横たわり、眠れないまま、三カ月前のことを思い出していたマロンは、気分が悪くなってきた。お互いに対する気持ちが強まり、マロンはキースとの親密な関係に身をゆだねる瀬戸際に立たされていた。

ある土曜日、ナターシャはバイオリンの練習で忙しく、マロンとキースは映画を見に行った帰りだった。キースがおやすみのキスをしたあと、突然、一緒に旅行に行こうと言いだした。「きみとベッドをともにしたいんだ。きみだって同じ気持ちのはずだろう」

助けて。そんな大胆なことはできないわ！

マロンは断ったが、それから二カ月間、キースは毎週のように誘ってきた。そしてある土曜日、彼から愛していると告白された。彼女が待ち望んでいた言葉だった。

マロンは震えながら、ええ、と言うのが精いっぱいだった。

キースは一刻も時間を無駄にしなかった。月曜の朝、二人のロマンチックな約束をその週末に手配したので土曜の朝迎えに行くと言われた。

なぜ母に打ち明けなかったのだろう？　母はナターシャにもキースにも会ったことがあるので、言えばわかってくれたはずだ。あとになってマロンは考えた、それは心のどこかで何かが変だと感じたからではなかったのか？

金曜の夜、仕事から帰宅したとき、マロンは母に話す決心をしていた。翌朝にはキースが迎えに来ることになっている。

母は留守だったが、メモが残されていた。ジョンから電話があり、特別に相談したいことがあるから午後会えないだろうかと言われたと。帰りはそんなに遅くならないつもりだとも書いてあった。

早く帰ってきてほしいとマロンも願った。緊張がつのり、母に打ち明けるまでは落ち着けそうになかった。何時間たっても母は帰宅しなかった。ジョンと夕食にでも行ったのだろうか？

想像は的中した。十時を少しまわったころ、ジョン・フロストが母を送ってきた。

「ねえ、わたしたちからあなたに話があるの」イブリンはきりだしたが、最後まで言う必要はなかった。二人のうれしそうな顔を見ただけで、マロンにはわかった。

「ぼくたち結婚するんだ」ジョンはとても黙ってはいられないという表情だった。「賛成してくれるよね、マロン？」

母のうれしそうな顔を見るのはマロンにとって久しぶりだった。「もちろんよ！」彼女は顔を輝かせ、二人と抱きあった。キース・モーガンのことなどすっかり忘れていた。

二人は翌月結婚するので、フラットを解約するようマロンに勧めた。

「解約ですって？」

「お母さんはぼくの家に移ってくるんだよ、マロン。きみにも一緒に住んでほしいんだ」

「ありがとう」二人の幸せな気分を台なしにしたくなかったので、マロンはそう答えた。とはいえ、ジョンのことは好きだし、母がいなくなったらどんなに寂しいだろうとは思ったが、母の新居は自分のいるべき場所ではないという気がした。さんざん苦労した母にとって特別な時期を邪魔したくない。

「これで決まりだな」ジョンが、結婚してスコットランドに住んでいる娘に電話をかけ、次の日には家族の祝宴に参加してくれるよう話した。

「あっ！」マロンはそこで声をあげた。キース・モーガンのことをすっかり忘れていたのを思い出したのだ。

「出席できないなんて言わないで。ほかに何か予定でもあるの？」

「キースが、その……」

「彼ならきっとわかってくれるわよ。これは家族のお祝いなんですもの」イブリンは満面に笑みを浮かべている。

「ええ。電話して説明するわ」母の喜ばしいニュースのおかげで、マロンはキースとの週末がキャンセルになってもそれほど動揺していなかった。

キースは理解してくれなかった。それどころか猛烈な怒りようだった。「ホテルを予約したんだぞ！　きみのお母さんは、これが初めての結婚じゃないだろう。明日の祝宴がどうして特別なんだ？」

わかってくれないキースにこれ以上説明する気はなかった。「ごめんなさい。じゃあ月曜日に」

祝宴は成功のうちに終わった。ジョンの娘イソベルもマロンと同じように、結婚に踏み切った二人を心から祝福していた。

キースの期待にそむいたことに気まずい思いをしていたマロンは、月曜の朝もう一度謝り、娘が出席することが母にとってどれほど大事だったか説明しようと、彼のデスクに歩み寄った。

「キース」

その声に、なぜかおどおどしたキースの声が重なった。「マロン、ぼくは……」

「おはよう、キース!」二人の会話に割りこんだのはナターシャだった。彼女は、マロンがかつて見たこともないほど生き生きとした表情をしていた。二人にほほ笑みかけてから、ナターシャはキースに言った。「ねえ、ゆうべ帰ったとき、なんの問題もなかったわ」

「ゆうべキースと出かけたの?」突然、マロンのなかの本能が震えはじめた。自分が落ち着かないのは当然だが、キースが落ち着かない様子なのは不可解だった。「これまでにもキースと出かけたことはあったでしょう。ゆうべは何か特別だったの?」マロンはおもむろに尋ねた。

しきりと足元を見つめているキースを尻目に、ナターシャが答えた。「土曜の夜、家に帰らなかったの。それだけのことよ」

マロンのなかの何かが凍りついた。「たしかにそれは特別だわね。キースと旅行に行ったの？」立ち入った質問だとわかっていても、彼女には知る必要があった。

ナターシャの瞳が輝いている。「すばらしかったわよね、キース？」

彼は何も答えない。

マロンには口にするのもはばかられる質問だったが、きかないわけにはいかなかった。「キースとベッドをともにしたの？」

ナターシャはこれまでの友情関係からか少しあわてたようだが、正直に答えた。「ええ。それが今回の旅行の目的だったもの」

キースは否定しなかった。「そろそろ仕事を始めたほうがよさそうだ」

マロンは自分のデスクに戻った。約束をすっぽかされたので腹を立てたんだけど本当に愛しているのはきみだよ、というキースの説明に耳を貸そうとは思わなかった。

自分が人生の岐路に立たされているのを実感した。もはやキースやナターシャと同じ部署で働きたくなかった。母とジョン・フロストが結婚しても、自分は一緒に暮らしていけないとわかっている。でもフラットでひとり暮らしをすると言ったら、母は動揺するだろう。

そのとき突然ひらめいた。母やジョン・フロストと一緒に住めない理由として唯一受け入れられるのは、別の地方に仕事を探すことだ。

マロンは自分の経済状態を見直した。母にはこのうえなく美しい結婚衣装を着せてあげたかった。そうだ、住み込みの仕事を探したらどうかしら。そうすれば最後の一カ月分の給料をつぎこんで、母のために何か豪華なものを買える。住み込みの仕事なら、食事や住まいの心配はないし、次の給料日まで残ったお金でなんとか暮らせるだろう。

じっくり考え抜いた末のことだったのに……。マロンはハリス・クウィリアンのベッドから起きあがった。ホテルの受付係の仕事より、家政婦募集の求人広告を見てすぐさま行動に移したのが、とんでもない間違いだったのだ！　キース・モーガンの裏切りにまだ屈辱を感じていたところへ、あの卑劣なローランド・フィリップスとの出会い。まったく。男性を断つしかないわ、永遠に！

マロンは寝室の窓辺に立ち、外を眺めた。雨はやんでいる。このまま雨が降らなければ、職人が屋根を見に来てくれるだろう……。ふいに、ハリス・クウィリアンの親切なふるまいが思い出された。考えてみればそれ以上だった。ハリスが自分を母の新居まで送り届けてくれていたら、母はどんなにか神経を高ぶらせたことだろう。

彼にはいくら感謝してもしきれない。とくに、あれだけの大金を置いていってくれたことには。彼は給料の前払いだと言った。持ち逃げしないと信用してくれたのだ。もっとも、ハリスにしてみれば、一族伝来の銀食器を持ち逃げされない自信があったわけだ。マロンは絨毯《じゅうたん》も敷いていない部屋を眺めまわし、思わずほほ笑んだ。盗むに値するだけのものは何もない。

マロンは給湯設備を点検することにした。バスルームにある新品のシャワーがまだ機能していなくても別に驚きはしない。ありがたいことに機能していることがわかり、マロンは熱いしぶきを浴びながら心地よい時間を過ごした。そこでふとハリス・クウィリアンの言葉が脳裏に浮かんだ。〝きみは美しい顔にすばらしい体つきをしている〟彼女は急いでシャワーから出た。冗談じゃないわ!

彼の言葉にとくに〝個人的な〟ニュアンスが含まれていたわけではない。ゆうべハリスが濃密なデートを楽しんだのは確実だ。彼がマロン・ブレイスウェイトのような女に興味など感じるはずがない。週末はここでひとりになりたいとはっきり言ったもの。こちらにとっても好都合だ。

玄関と裏口の鍵をあけ、冷蔵庫の中身を点検しているところへ、一番乗りの職人たちが到着し、まもなくキッチンのドアにノックがあった。

「ミス・ブレイスウェイト?　修理工のボブ・ミラーです。ミスター・クウィリアンから話は聞いてますよ。きのうはかなりの大雨でしたね」

マロンはボブ・ミラーが気に入った。筋肉質の体つきで、五十歳くらいに見える。マロンのことを詮索《せんさく》しようともせず、黙って受け入れてくれた。「ええ、そうね」「きのう崩れたという天井を見に行ってもかまいませんか?」「もちろんよ。あの……」大群のように押し寄せる職人たちに充分なコーヒーと紅茶を用意してほしいというハリスの言葉を思い出した。「紅茶でもいれましょうか?」

ボブがにっこりする。「こいつは幸先《さいさき》のいい一週間の始まりだな」

マロンには忙しい一週間でもあった。大工のシリルに頼んで、二つの寝室のドアに鍵を、窓には安全装置をとりつけてもらった。配管や電気工事が得意なチャーリー、ディーン、バズ、ロン。どこか知的なタイプのケンは戸外で仕事をするのが好きだ。それに美声の持ち主デルはほとんど一日中歌っている。そして最後に〝雑用係〟のケビン。

町へ建築資材を調達しに行くとき、バンにマロンを乗せてくれたのはケビンだ。「好きなだけ買い物していいよ。ぼくも時間がかかるから」スーパーマーケットの前でマロンを降ろしながら、彼はほがらかに言った。

マロンは新鮮な果物に野菜、その他の食料と新聞、文房具と切手を買った。帰ってきて求人欄を調べたが、興味を引かれる仕事は少なかった。工事が三カ月はかかるとハリスが言っていたので、とくに急ぐ必要もない。それに、今回ばかりは最初に目についた仕事にあわてて飛びつくつもりはなかった。

ハリスが約束したベッドとは別に、家具が何点か届いた。ソファとクッションのきいた椅子のひとつは、寝室同様まだカーテンも絨毯もない応接間に運び入れる。衣装だんす、デスクともうひとつのクッションのきいた椅子はマロンの寝室に、それにほとんどキッチンで過ごしているようなものなので、そこにもアームチェアを入れてもらった。

母やジョン・フロストのことを頻繁に考える一方、キース・モーガンやローランド・フィリップスのことはなるべく考えないようにしていた。ハリス・クウィリアンのこともよく思い出す。

肺炎になるかもしれないという彼のコメントに反して、マロンはくしゃみひとつしなかった。今でも恐ろしい夢を見ることを除けば、こんなに気分のいい毎日はかつてなかったほどだ。

ハリスはあのとき本当に自分を警察へ連れていって、義理の弟を暴行のかどで訴えるつもりだったのだろうか？　彼の妹は試験的な別居期間が過ぎれば夫とよりを戻したいと願っているようなので、それはありえないだろう。

金曜日にはこちらへ来るかもしれないとハリスが言っていたので、マロンは週末ホテルへ行くための用意をしてから、ケビンを捜しに行った。ここから三キロほど離れた村の店に出かけるケビンに同乗させてほしかったのだ。

二十分後、マロンはなんでもそろえているシャーウィンの店でいろいろなものを買った。

夕方には暖炉の近くに花が飾られ、床には敷物が点々と置かれて、応接間は家庭らしい様相を呈してきた。

ところがハリス・クウィリアンは姿を現さず、マロンは説明しようのない失望感をいだいてベッドに入った。ばかね。彼女は自分を笑い飛ばしたが、眠れない夜を過ごすはめになった。

土曜の朝はベッドから離れられるのがうれしかった。午前中、ボブ・ミラーのところの職人たちが仕事をしに来ることになっている。シャワーを浴び、ジーンズとTシャツに着替えて、マロンは階段を下りていった。

職人のひとりがプラムをひと袋持ってきてくれた。これでパイとケーキを作ろうかしら。そんなことを考えながら窓の外を見た彼女の目に、ハリスの車がやってくるのが映った。早くても来週の金曜まで彼に会えないと思っていたせいで、急に笑みがこぼれた。彼に会えるのがうれしいと初めて気づいた瞬間だった。

3

ハリスが廊下を歩いてくる足音を耳にして、マロンは思いがけず恥じらいを覚えた。キッチンに入ってきた彼は長身で肩幅が広く、まなざしは落ち着き払っている。彼女が覚えていたとおりだ。

マロンは言うべき言葉が見つからなかった。ハリスもすぐには口を開かず、戸口に立って初めて彼女に気づいたかのようにまじまじと見つめている。マロンの輝くブロンドの髪や、Tシャツ、ジーンズをはいた長い脚にハリスが視線を走らせているのを見て、マロンははっとなった。髪が濡《ぬ》れていたり、乾いていてもくしゃくしゃになっていないところを彼が見るのは、初めてなのだ。

「磨きをかければけっこう見栄えがするでしょう」照れくささをごまかそうと、マロンはあわてて言った。

言うなり、後悔した。非難の言葉を招くきっかけになったのではないだろうか。ハリスが人を安心させるような笑みを浮かべたのを見て、黙っていればよかったという思いを彼に見抜かれた気がした。

だが、緊張した空気は一瞬にしてやわらいだ。ハリスが口にしたのは非難の言葉とは思えないものだった。「荷物を二階へ運ぼうとしたら、料理のいいにおいに誘われてね」

ふたたび自意識が戻ってきた。「職人のデルが庭でできたプラムを持ってきてくれたの」マロンは口をつぐんでいることができなかった。「また突然大雨が降りだすといけないから、踊り場にはバケツやボウルがいくつか置いてあるわ。屋根の一部は修理が終わったけど、ほかにも雨漏りが見つかったの。屋根職人は月曜まで来られないんですって」この辺でやめておきなさい。「コーヒーでもいかが?」急にきびきびした口調になったことで彼を傷つけたのではないかと、不安にかられる。

その心配はなかった。「喜んでもらうよ。その前に荷物を置いてくる」

彼がキッチンから出ていってくれてマロンはほっとした。考えをまとめるチャンスだ。まったく、どうしたっていうの。今まで男性の前で恥ずかしがったり、うまく口がきけなかったことなどないのに。口がきけない?　神経過敏になっているのかしら?　ローランド・フィリップスとの経験でそこまで自信を喪失したとは思えない。そうでないことを切に願ったが、かつての義父やその息子、キース・モーガンのような不実な男性に少なからず傷つけられたことは否定できなかった。ハリスの義理の弟に傷つけられるまでもなく、たぶん今でも心に傷を抱えているのだろう。

ハリスがキッチンに戻ってきたときには、コーヒーの用意ができていた。マロンは気をとり直したつもりだった――彼が何げなく言うまでは。「ベッドが届いたんだね」

「わたしの部屋に入ったの？」たちまちマロンは敵意をあらわにした。

彼のさりげない態度が消えた。「窓やドアに関するぼくの指示が守られたかどうか、点検する権利がぼくにないとでも言うのか？」少しばかりきつい口調で質問する。

マロンはハリスの顔から自分のコーヒーカップに視線を移した。いったいどうしたの？ここは彼の家なのよ。何をしようと彼の勝手でしょう。

二人のあいだに沈黙が漂う。

「動揺しているね」きつい口調は消え、優しい声になった。

マロンは目を上げた。「まるでわたしが神経質な女みたいな言い方ね。ごめんなさい。ただ、プライバシーが欲しいだけなの」それ以上説明するつもりはなかった。もう何年も前から、侵入者を防ぐために寝室のドアノブの下に椅子を立てかけなければならなかったことを。

「きみは変わった性格が複雑に入り組んだ人だな」

「どう入り組んでいるか質問するべきかしら」

ハリスはマロンの挑発に乗らなかった。「きみは料理のにおいでぼくを迎えておきながら、ぼくが誤解しないよう、ドラキュラでも追い払うように十字架とにんにくを突きつけるんだね」

彼は何事も見逃さない人だとマロンは気づいたが、彼の要約の仕方は気に入らなかった。

「料理はなにもあなたのために作ったわけじゃないけど、よかったらどうぞ。荷造りはすんでいるから出かけます」

「どこへ行くんだ？　ぼくが来たからといって出ていかなくてもいいのに」

「仕事を辞めるわけじゃないわ。ひと晩ホテルに泊まるだけよ。あなた、言ったじゃない……。忘れたのね！」

「忘れてはいないよ。ただ、ぼくたちのなんて言うか、ぎくしゃくした出会いが原因で、きみが戻ってこないんじゃないかと思ったんだ。ここに残りたければ歓迎するよ」

「残りたくないわ！」

「こんな話を持ちだして悪かった。きみを追いだすようで気がとがめただけだ。謝る」

マロンは謝りたくなかった。この人といると、どうしていつも自分が悪いという気にさせられるのだろう。ハリスには目もくれず、コーヒーも飲み残したまま、マロンは背筋を伸ばしてキッチンを出た。

寝室へ上がり、一泊用の鞄《かばん》をとって階下へ引き返すのに一分とかからなかった。玄関ホールに下り立ったとき、車のキーを手にしたハリス・クウィリアンがキッチンから現れた。

「ケビンに町まで送ってくれるよう頼むつもりだったの。彼は資材や足りないものを買いによく町へ行くのよ」

「ぼくが送っていく」ハリスが抑揚のない声で言う。そして彼女が反論する前に鞄をとりあげた。

どうしてこの人と言い争ってばかりいるのかしら。ハリスの車の助手席に座ったマロンは、静かに自問した。車は石造りの門のあいだを抜けていく。彼は親切で礼儀正しく接してくれたのに。自分の態度はひどかったと急に後悔が頭をもたげた。「ごめんなさい」ハリスが一瞬道路から目を離し、助手席のほうを向いた。マロンは続けた。「わからないの。自分がどうしてこんなに……」適当な言葉が見つからない。「いらいらしているのか」

「ぼくにはわかる」前方の道路を見据えたままハリスが穏やかな声で言う。

マロンは彼の横顔を見つめた。「あなたが?」

「もしかしたらこの前の日曜日に起こったことが原因で、まだそのトラウマに苦しんでいるんじゃないのかい?」

マロンは思い出した。あのどしゃ降りの雨のなかを重い足どりで歩いただけでも忘れられないことだったのに、アルモラ・ロッジでの出来事を考えればなおさらだ。この一週間、マロンの服を脱がそうとしたときの欲望にゆがんだローランド・フィリップスの顔が何度も脳裏に浮かび、悩まされつづけた。あんな経験をして、すぐに立ち直れる人などいないだろう。

「あなたの言うとおりかもしれないわ。いやな出来事がしょっちゅう思い出されて、夜も悪夢ばかり見ているの」

「よく眠れないんだね?」

「朝起きて仕事に行かなければならないというわけでもないのに」軽い口調を装って言う。

「ボブ・ミラーの話では、彼は七時四十五分にやってくるらしいんだが、きみはいつも起きていてお湯を沸かしているんだってね」

「スパイがいたとは知らなかったわ!」

「まだかりかりしているのか?」ハリスの声の調子でからかっているのがわかった。マロンはからかわれても悪い気はしなかった。

「今度は謝らないわよ」ほほ笑みながら言う。だがすぐに真剣な表情になって続けた。

「何から何まで親切にしてもらって、あなた……」

「ちょっと待った。後光がさしているとか言いださないでくれよ」

「そこまで聖人君子だとは思えないわ。でも……あのとき乗せてくれて本当にありがとう」

「過ぎたことだよ。今大事なのは、いやでもよみがえる記憶や悪夢をどうするかだ。専門家にかかってみるかい? 手配してもいいけど」

「とんでもない！　あなたがそんなに深刻に受けとるのなら、話さなかったわ！」

「これは深刻な問題だよ、マロン。ぼくといるとき、きみはいつもいらいらしている。義理の弟がしようとしたことで、きみに男性恐怖症になってほしくないんだ」

「男性恐怖症なんかじゃないわ！　一日中職人たちの誰かしらとおしゃべりしているもの。ときに用心深くなることもあるでしょうけど、すべてがローランド・フィリップスの責任じゃないわ……」マロンは言いよどんだ。何をしゃべっているのかわからなくなるほど自分を怒らせたハリス・クウィリアンが憎らしい。

「以前にも似たような経験をさせられたのか？」ハリスの表情が険しくなった。「それならよけいフィリップスの行動は憎むべきものだ」

「その話はしたくないの。大したことじゃなかったし。実際……」車が町の大通りに着いたところだった。「ここで降ろしてちょうだい」

　ハリスは聞こえなかったかのように車を走らせている。マロンは彼を殴りたくなった。彼みたいな男性には会ったことがない。わたしは自分でホテルを探したいのに。自分には朝食付き《B&B》の宿がふさわしい。ところが、ハリスが連れていったのは町でいちばんしゃれたホテルだった。

　車がクリフトン・ホテルの駐車場に止まったとき、なかへは入るまいと固い決心でマロンは無表情に彼を見た。彼も無表情な視線を返してくる。

「ぼくを煩わせないでくれ、マロン」

彼の声には少し疲労がにじんでいた。マロンは急に申し訳ない気がしてきた。ハリスはおそらく長時間のきつい仕事を終えて、ロンドンからここ北部メイシーへ、ハーコート・ハウスへやってきたに違いない。熾烈《しれつ》な競争の世界に戻る前に、数時間でも緊張をほぐすために。

「ちょっと豪華すぎるようだけど。ジーンズとTシャツで入れてくれるかしら？」

ハリスの温かい目が、大きく見開いた彼女の目にほほ笑みかけた。「きみは俗物なんだね、マロン・ブレイスウェイト」

「違うわ。礼儀正しくしつけられたのよ」

ハリスが笑いだした。思いがけず胸がどきどきするのを感じて、マロンはあわてて視線をそらした。彼がマロンの鞄を持って助手席側にまわってくるころには、彼女は車から降りていた。

あっというまにチェックインの手続きを終え、ハリスは彼女を見下ろした。「明日迎えに来る」

「タクシーを拾うわ」

「ぼくの運転に文句をつけたいのか？」

マロンはほほ笑み、次いで笑い声をあげた。「とんでもない」ハリスの視線が彼女の口元に移っても、なぜか安らいだ気分のままだった。

自分の気持ちはうまく説明できなかったが、彼がいなくなってマロンは寂しかった。

部屋に上がり、鞄の荷物を整理したところで、自分の愚かさを笑い飛ばす。ちょっと根なし草になったような気がしただけよ。ここには知り合いはひとりもいないうえに、人生に劇的な変化が訪れたばかりだ。ずっと一緒に暮らしてきた母と別れ、つい数週間前に職を変えたし、ボーイフレンドとの別れも経験したのだから。

母を思い出し、マロンは電話をかけようと思いたった。母は十日前にアルモラ・ロッジへ電話をかけてきたので、またロッジへかけてこないうちに連絡したほうがいい。

かけて正解だった。「ちょうど電話しようと思っていたところよ」新婚生活を楽しんでいる母の声がした。とても幸せそうだ。

「うまくいってる？」

「これ以上ないくらい。ジョンったら本当に優しいの。本物の紳士とはどういうものか、すっかり忘れていたわ」母の話を聞いて、マロンはこみあげる感情に喉を詰まらせた。

「あなたのほうはどう？　今週は雇主に会ったの？」ローランド・フィリップスのことを指しているのだ。

最後に電話で話したとき、彼はめったに家にいないと言ったのを思い出した。「日曜日から会っていないわ」やっと手に入れた母の幸せに水をさすことはできない。ローランド・フィリップスのもとを逃げだしたいきさつを知ったら、母はひどく動揺するだろう。新しい仕事を見つけた事情まで話したら、まっすぐ帰ってきてジョンやわたしと一緒に暮らしなさいと言い張るに決まっている。

マロンはゆっくりおしゃべりを楽しみ、母はジョン・フロストと結婚してよかったとますます強い確信をいだいて受話器を置いた。

クリフトン・ホテルに一泊するとなるとかなりの散財になるのに気づき、お昼はサンドイッチを買ってすませることにした。買い物に出たついでに店を見てまわり、スーパーマーケットで小麦粉やそのほかのものを買う。

夕食前には部屋に戻り、どこか軽い食事ができるところへ出かけようかと考えた。ハリスは何を食べているのかしら。プラム・パイを食べてくれていればいいけれど……気がつくと、いつも彼のことを考えている自分がいる。

ああ、まったく！　まさか、おなかをすかせているとは思えない。車があるのだから、自分で料理をするのがいやなら、町まで食事に出るだろう。

マロンは急に落ち着きを失った。どうして彼のことを気にするの。ホテルのダイニングルームで彼と鉢合わせしたところでなんの問題もないわ。彼女は衣装だんすに吊《つ》るしてあった、しゃれたパンツとトップをとりだした。

ダイニングルームはかなり込んでいた。カップルや四人連れのほかに、何かお祝いをしているグループがいた。だが、そこにハリス・クウィリアンの姿はなかった。

注文した食事をとり、プディングを食べるころには、大勢のグループが家族の集まりで金婚式を祝っているのだと判明した。

マロンはラウンジでコーヒーを飲むことにして、入ってきたときより落ち着かない気分でダイニングルームをあとにした。コーヒーをゆっくり味わいながら、またしてもハリス・クウィリアンのことを考える。三十五歳くらいで独身というからには、かなりのやり手に違いない。ここ北部メイシーに不動産を買う決心をさせた女性が地元にいるのだろうか。いいえ、そうは思えない。ハリスが独身でいることに満足しているとしたら、地元に〝決まった〟女友達がいるはずがない。

「この椅子、空いてますか?」

マロンが目を上げると、二十代なかばの男性がにこやかな顔で立っていた。「どうぞ」彼女はほほ笑んでみせた。

十分後、そろそろ部屋に引きあげようかと考えていたところへ、先ほどの男性が戻ってきた。近くに別の椅子が空いている。彼はそれをマロンのそばへ持ってきた。

「しばらくここに座っていてもいいですか? いやならやめるけど」

とくに悪意はなさそうだ。それに、ここは自分ひとりきりの部屋のなかではないし、離れたところには彼の仲間がいる。「お友達はあなたが戻ってくるのを待っているんじゃないの?」

「祖父母の金婚式なんだ。家族はみんな思い出話にふけっているけど、ぼくはまだこの年だから、話についていけなくてね」

話しているうちにマロンはトニー・ウィルソンがすっかり好きになっていた。出しゃばりすぎない程度に陽気な性格で、ここから十キロほど離れたところに住まいがあるけれど、今夜はホテルに一泊することになっているという。休暇で来ているのかときかれ、話してはいけない理由も思いあたらなかったので、マロンも一泊するだけだと答えた。

「仕事はどんなことを?」トニーは知りたがった。

「臨時の仕事だけど、目下のところお屋敷の留守番をしているの。配達された品物を受けとったり、職人の出入りを監督したり」

「持ち主はほとんどいないの?」

「持ち主は今朝帰ってきたわ」

「そして週末の休みをくれたってわけか」

マロンはそろそろ部屋に戻って、スーパーマーケットで買ったスリラー小説でも読もうかと思いはじめていた。「ご家族がこちらを見ているわ。戻ったほうがいいんじゃないかしら」

トニーは、父親と思われる彼にそっくりの男性のほうを振り返った。その男性に手を振り、マロンに向き直って言った。「一緒にパーティに参加しないか？」

「とんでもない」金婚式のお祝いに押しかけるなど、マロンには想像もできなかった。

「みんな歓迎するよ」

マロンは首を振り、読みたい本があると言いかけて、それでは失礼になると思い直した。

「ごめんなさい。でも誘ってくれてありがとう」微笑を添えて彼女は謝った。

本が宣伝ほど面白くなかったのは、気持ちがまた落ち着かなくなってきたせいかもしれない。本に没頭できなくて、マロンはゆっくり入浴することにした。物思いにふけっていると、やはりハリス・クウィリアンのことばかりが脳裏に浮かぶ。

たしかに彼は親切にしてくれた。親切の域を超えていたかもしれない。だけど、給料を前払いしてくれたとはいえ、ときとして辛辣《しんらつ》な言葉を浴びせられたのを思い出し、こんなにも注意を払うだけの価値はない人よと結論を下した。

その夜、またしても悪夢に眠りを妨げられ、翌朝ベッドから出られるのがうれしかった。シャワーを浴び、新しいTシャツに着替えながら窓の外を眺める。きのうの晴天とは打って変わって、どんよりした空が広がっていた。

ダイニングルームで朝食をとっているあいだに、雨がものすごい勢いで降りだした。屋根の職人は雨のなかでも仕事をするのだろうか？　雨がやまなかったら、明日はまたバケツやボウルを並べるのに忙しくなりそうだ。

その光景を思い浮かべてマロンはほほ笑んだ。クリフトン・ホテルは豪華には違いないけれど、それでもハーコート・ハウスに戻りたい。そんなふうに思う自分は変わっているかしら。完成からはほど遠いものの、戻るのが楽しみだ。ちょっと待って。あまり愛着をいだいてはだめよ。三カ月後には——いい仕事が見つかったらもっと早く——立ち去るのだから。

マロンは物思いにふけりながらダイニングルームをあとにした。ハーコート・ハウスが彼女に影響を及ぼす理由がわからない。いくつかの部屋を別にすれば、大部分はまだ混乱状態だ。それでいて、静けさに浸りたいときには、ハリス・クウィリアンの家でこのうえなく穏やかな気分になれることがあるのは認めざるをえない。

部屋に戻ってわずかな荷物を鞄に詰め、ハリスがいつ迎えに来てくれるかわからないいま、精算だけすませておこうと受付に下りていった。

「お支払いはすんでいます」

「え？　何かの間違いじゃないかしら……」

「請求書はミスター・クウィリアンにお送りするよう言いつかっておりますので、お渡しすることはできません」

渡してほしいと言おうとしたとき、トニー・ウィルソンがやってきた。受付嬢は別の客の応対に移ってしまった。

「今朝会えるのを期待していたんだ。ゆうべは急にいなくなってしまっただろう。よかったら、いつかぼくにつきあってもらえないかと言いたくてね。どこかで夕食でも……」

「ごめんなさい、トニー」気持ちのいい青年なのは間違いなくても、当分誰かと交際する気にはなれそうもない。けれど、彼が魅力的であまりに率直なので、マロンも正直でありたいと思った。「つい最近、ある人と別れたばかりなの。まだおつきあいする気持ちになれなくて」

「そうか。悪かったね」そう言いつつも、トニーはあきらめようとしない。「せめて電話だけでも。番号を教えてくれないか。もっとぼくのことを知ってもらえば――」

「だめよ」急いでさえぎったマロンを見て、本気なのがトニーにも伝わった。

それでも彼は執拗《しつよう》だった。「次の週末もこのホテルにいる?」これにはマロンも笑わずにいられなかった。

そのとき、背後に誰か人の気配を感じた。振り向きざま、食い入るように見つめている厳しい表情の灰色の瞳が見えた。

「ハリス!」マロンは驚きの声をあげた。彼がホテルに入ってくるのも、近づいてくるのも気づかなかった。だいいち、こんなに早く迎えに来るとは思っていなかったのだ。「トニー……こちらはわたしの雇主のハリス・クウィリアン。ハリス、こちらはトニー・ウィルソン」紹介したあと、マロンは礼儀正しく挨拶《あいさつ》を交わす二人を見守った。

するとハリスが無愛想に尋ねた。「用意はいいかい？」

マロンは彼を殴りたい衝動にかられた。「急いで鞄をとってくるわ」

トニー・ウィルソンがエレベーターまでエスコートしてくれた。

「電話番号のことは気が変わらない？」エレベーターが来るのを待つ間にトニーが念を押す。

「変わらないわ」答えながらマロンはハリス・クウィリアンのほうを振り返った。彼はにこりともせずに見つめている。トニー・ウィルソンとは二度と会わないだろう。そう思ったマロンは、最高の笑みをトニーに向けた。

エレベーターのなかでマロンはもはやほほ笑んでいなかった。ハリスはおそらく急いでロンドンへ帰りたいのだろうが、回り道をしてホテルまで迎えに来なければならなかったのは彼女の責任ではない。タクシーで帰ってもいいと言ったのだから。

鞄ときのう買ったものをまとめ、マロンはロビーへ下りていった。ハリスがいらいらしながら待っているかと思いきや、明らかに彼の魅力に酔っている受付嬢と話をしているのを見て、マロンは不愉快になった。

「わたしなら用意できたわよ」明るい声で割って入る。

ハリスが振り向き、スーパーマーケットのロゴが印刷されたマロンの買い物袋に目をやった。彼はマロンから鞄を受けとったものの、受付嬢にさよならを告げると同時に、自分の魅力にも別れを告げてしまったようだ。マロンは気にしないことにし、先に立ってホテルを出た。

ハーコート・ハウスまでの車中は静かなものになりそうだった。聞こえるのは、どしゃ降りの雨をぬぐうフロントガラスのワイパーの音だけだ。

しばらくして、相変わらず冷静な声でハリスが説明を求めた。「あれは誰だ?」

「誰って?」知っていながら、わざときく。

「ウィルソンだよ!」

「同じホテルのお客さんよ」

「きのう会ったばかりなのか?」

これはいったいなんなの? マロンは無視しようと決めたが、厳しい尋問には何か目的があるのだろうかと考え直した。「そうよ」

「彼と夕食を一緒にしたのか?」

「いいえ」

「でも、また彼と会う約束をした」

「してないわ!」マロンは鋭い口調になった。

「彼はどこに住んでいるんだ?」

「近くよ」

「きみがどこに住んでいるか教えたのか？」

「教えると思う？」マロンは興奮して言い返した。

ハリスは彼女の返事に満足してその話題を終わりにするかに思えた。ところが厳しい追及の手をゆるめようともせず、大声でどなりつけた。「電話番号を教えたのか？」

「あなたはお気づきじゃないかもしれませんけど、ハーコート・ハウスに電話はないのよ」

「携帯電話は？」

「持ってないわ」

しばらくして、急に気づいたようにハリスが言った。「買い物をしたんだね」

「小麦粉とかいくつか必要なものがあって」

「考えもしなかった。家計費をきみに渡したほうがよさそうだな」

まったく、なんて人かしら。「あなたって、わざとわたしを怒らせようとしているの？」

マロンは不機嫌に尋ねた。

助手席のほうを向いたハリスは本当にわけがわからないという表情をしている。「ぼくが何をしたっていうんだ？」

「この前あんなにお金を渡してくれたばかりか、わたしのホテルの支払いまでするなんて！」

「そのことか。プライドが高いんだな。きみの感受性を踏みにじったとしたら許してくれ」

怒りが一瞬にして消えてしまったのがマロンには理解できなかった。思わずほほ笑みそうになり、彼に見られまいとして窓の外を見るふりをして顔をそむける。

だが無駄だった。体の奥からこみあげてくる何かを抑えきれず、マロンは向き直った。

「どうしても笑いそうになるのはなぜかしら?」

「基本的にきみは陽気な性格なんだよ。今も、そしてぼくが思うにこれまでも、きみの人生は楽しいものではなかったはずだ。陽気な性格がようやく頭をもたげてきたところなんじゃないのかい?」

マロンは一瞬、息が止まったかと思った。「精神分析を頼んだ覚えはないわ!」もはや笑う気分ではなかった。それどころか、ハリスが笑ったので、マロンはむっとした。

「ぼくが精神分析を? ぼくはきみがしたことに敬意を表したいだけだ」

「わたしが何をしたですって?」

「きみのおかげでハーコート・ハウスが少しは家らしくなってきた」

「応接間を見たのね?」

「花がいっそう雰囲気を盛りたてていた」二人のあいだにあった敵意が急に消えうせた。

ハーコート・ハウスに帰ってきたとき、マロンは温かい気持ちになったが、なぜか理解できなかった。雨のなかでも、彼女を歓迎してくれているように見える。「コーヒーを飲んでいく時間はある?」食料品の入った袋をキッチンに運んでくれたハリスに尋ねる。

「ぼくがどこかへ行くとでも?」

「だって……」マロンは言いかけてやめた。彼は、ロンドンへ帰る前にわたしをホテルへ迎えに行くと言わなかったかしら? いずれにしろ、ハリスがもう少しここに残るつもりでいるらしいのを知って、急に喜びがこみあげてきた。「鞄を部屋に置いてくるわ」ハリスがここに残るのを喜んでいるなんて、どういうことかしら!

なぜこんなにもうれしいのかという考えは、踊り場に着いたとたん忘れてしまった。きのう、雨漏りの受け皿となるようマロンが置いたボウルは、どれもあふれんばかりになっている。

鞄をその場に置き、未完成ながらバスルームが隣接している寝室のドアを開けて、手近なボウルを用心深く持ちあげた。中身をバスタブに空け、絶え間なくもれてくる滴による被害が広がらないうちに、急いでボウルをもとの位置に戻す。

同じ作業を繰り返そうとして振り返った瞬間、ハリスとまともにぶつかってしまった。階段を上がってきた彼は状況を見るなり、手伝おうとしていたところだった。

運の悪いことに、マロンのボウルが空だったのに対して、ハリスの持っているボウルは満杯だった。おまけにマロンがものすごい勢いでぶつかったので、彼はよける間もなく、ボウルの中身をマロンにかけてしまった。

水の冷たさに彼女は後ろへよろめいた。ショックで息が止まりそうになりながらも笑いがこみあげてくる。だがハリスを見て、笑いは喉元で止まった。彼は水がかかったマロンの体を見ている。

唖然《あぜん》とした思いで彼の視線をたどり、あらためて息が止まりそうになった。Tシャツが肌に張りつき、豊かな胸の曲線と、冷たい水のショックで固くなった胸の頂をあらわにしていた。ハリス・クウィリアンは魅せられたように立ちつくしている。その目は彼女の胸を見つめていた！

「マロン、ぼくは……」ハリスの言葉は彼女の耳に入らなかった。

マロンはどこへ向かっているのかもわからないまま彼のわきを抜け、気づくと自分の部屋、他人に侵されることのない安らぎの場所にいた。

だが、続いてハリスが入ってきたので、安らぎの場所ではなくなってしまった。「出ていって！」頭のなかで警鐘が鳴っている。昔の光景がよみがえった。もう何年も前、リー・ジェンキンズに向かって同じ言葉を叫んだときのことが。

ハリスは答えの代わりに彼女に駆け寄り、両腕をつかんだ。「落ち着いてくれ。きみに乱暴するつもりはない。ぼくといれば安全だ。大丈夫、信じてほしい。大丈夫だから」

マロンはまじまじと彼を見た。灰色の目が彼女の視線をとらえ、自分を信じてもらおうと必死になっている。大丈夫、乱暴はしないと。マロンはもがくのをやめたが、警戒心は捨てなかった。

「ぼくの話を聞いてくれ。今みたいなことは往々にして起こるものなんだ。事実だよ。けががなかったかどうか、誰だってきみを見ただろう。これも事実だ。きみが疑い深いのも、ぼくには理解できる。ただ、できれば信じてほしいんだ。ぼくはたしかに男かもしれないが……」

マロンはそれ以上お説教など聞かされたくなかった。「いつまでも見つめずにはいられない目を持った男性という意味でしょう」

「どうしたら信じてもらえるんだ！」ハリスは急に背を向け、大股で引き返していった。

次にマロンの耳に届いたのは、私道を走り去る車のエンジン音だった。窓辺に駆け寄ると、ハリスの車が石柱を抜けていくのが見えた。

急いでロンドンへ戻るはずではなかったのに、気が変わったに違いない。いいわよ。わたしにはありがたいわ。運がよければ、彼は二度とここへ現れないだろう。

4

雨は夜のうちにやみ、日差しがさんさんと降りそそぐすばらしい朝が待っていた。天気同様、自分の気持ちも明るかったらとマロンは思った。きみは本来陽気な性格だとハリスも言っていたが、夜中に見た悪夢が彼女に暗い影を落としていた。憂鬱《ゆううつ》な気分でベッドから抜けだしたのは悪夢のせいばかりではなかった。きのうはマロンの態度が原因で、彼は滞在を短縮した。ハリスはくつろぐためにロンドンから来たのに、彼女が台なしにしてしまったのだ。

マロンは自分のふるまいを恥じ、ハリスを早々と引きあげさせるにいたったきのうの出来事を思い返した。〝ぼくといれば安全だ。信じてほしい〟ハリスは言った。だがマロンはお説教を聞く気分ではなかったし、彼もその場に残らなかった。彼女の恐怖心を静めるには自分がいないほうがいいと判断したのだろう。

月曜日、マロンは職人たちのためにお茶をいれたり、ハリスに対してとったきのうの自分の態度を深く後悔しながら一日を過ごした。彼に謝るまではこの気分から解放されそうもない。

良心の呵責《かしゃく》に悩まされているにしては、不思議にもその晩は夢を見ることなく眠れた。

火曜の朝も快晴で、マロンは窓辺に歩み寄り、職人たちが来る前の平和でのどかな景色をしばし堪能《たんのう》した。ハーコート・ハウスはこれ以上ないほどすてきな場所に立っていると思わずにはいられない。

天候が影響したのか、マロンの〝陽気な〟一面がようやく顔をのぞかせはじめ、職人のひとりが置いていった新聞を拝借することにした。住み込みの仕事でわずかに興味をそそられたのはホテルの受付だった。今ならそういうたぐいの仕事もできると思ったが、本当にしたい仕事だろうか？

三カ月以内にどこか住むところと仕事を探さなければならないという思いが、マロンに行動を起こさせた。自分自身の引き延ばし作戦に業を煮やし、書類を投函《とうかん》する決心をしたときは、はや木曜日になっていた。

最寄りのポストがどこにあるかわからなかったので、ケビンを捜しに行ったが、バンは見あたらなかった。「ケビンは数時間は帰ってこないと思いますよ」ディーンが親切に教えてくれた。「急ぎならぼくの自転車をどうぞ」

「本当にいいの？」

「大した自転車じゃないんです」恥ずかしそうにディーンはほほ笑んだ。

五分後、マロンは気持ちよく自転車をこいでいた。シャーウィンの店の近くに来るまでポストは見あたらなかった。手紙を投函すると、楽しさのあまり帰る道々あちこちの小道を探検した。ハーコート・ハウスが見えてきたころには、この地方を去るのがつらくなりそうな気がしていた。

屋敷に続く私道を軽快に進んでいく。だがハリスと彼の大型車が目に入った瞬間、驚きに打たれた。

マロンは彼のわきを抜け、ディーンに自転車を返しに行った。「どうもありがとう」

「いつでもどうぞ」

もう一度礼を言い、マロンは裏口へ向かった。そこで、屋敷の角を曲がってきたハリスと一緒になった。「立派な乗り物だね。誰のだい?」挨拶《あいさつ》代わりに彼は尋ねた。

「ディーンのよ。就職口の応募書類を投函しに行くのに借りたの」

ハリスの足が止まった。それに合わせてマロンも立ち止まった。「ここの仕事に不満でも?」

マロンは彼を見つめてから廊下に散乱している職人たちの道具をとがめるように眺めわした。そのうえ、あちこちから騒音が聞こえてくる。何も言う必要はなく、二人とも笑いだした。

「今、コーヒーをいれようと思っていたの。一緒にいかが?」

「ぼくもいれようと思っていたところだ」

「今日は仕事をしなくていいの？」二人でキッチンのテーブルに着き、コーヒーを前にして、マロンは急に緊張感に襲われた。「ごめんなさい。ばかな質問ね。当然仕事はしているわよね」工事現場を見るために、わざわざスーツを着てくるはずがないでしょう。

「ぼくといると緊張する？」

マロンに言わせると彼は洞察力が鋭すぎる。「緊張しているんじゃないの。気詰まりというか、後ろめたくて。お詫《わ》びしなければいけないんだけど、どうすればいいかわからない」

灰色の目が濃いブルーの目を見つめる。「なんて正直な人だ。感謝するよ、マロン。気詰まりに感じる必要なんかないさ。ここには壊しても気がとがめるような高価なものはないし、つまり、ぼくに謝りたいというのは個人的なことなんだね？」

「わかっているくせに。先週あなたはくつろぐためにここへ来たのに、わたしの……その……神経質な態度のせいで予定より早くロンドンへ帰ってしまったから」

「それで後ろめたさを感じていたのか？」ハリスは真剣な表情で尋ねた。

マロンはうなずいた。「恥じてもいたわ」

「ああ、マロン。きみはずいぶんつらい経験をしてきたんだね。ときとして神経質になるのは自然なことだよ」ハリスは椅子から立ちあがり、マロンのそばに歩み寄って見下ろした。ほほ笑みながら彼女の鼻の頭を軽くたたく。「ぼくといれば安全だと言ってもきみが信用してくれないからといって、いらいらするべきじゃなかった」

「まあ、ハリス……」

「心配しなくていいよ。今朝は時間を割いて出てきたんだ。ちょっとボブ・ミラーに相談したいことがあってね。それが終わったら、町へ出て軽くお昼でもどう？　きみさえよければだけど」

「わたしが何か作りましょうか？」

「ありがとう。そうしてもらおうか」ハリスはためらうことなく言った。

マロンはほほ笑んだ。食事がすみしだい、彼はロンドンへ戻りたいようだ。ということは、すぐにでも食事をしたいという意味ね。今日のメニューはパスタにしよう。

三十分後、話を終えて戻ってきたハリスにマロンは尋ねた。「もう食べられる？」

「驚いたな」彼は席に着き、マロンにも椅子を勧めた。「今日ぼくに料理を出すことになろうとは思っていなかっただろうに。それにしてもすごい」

「まあ。手早くできるものにしただけよ」マロンは笑った。棚にあった鮭《さけ》の缶詰とパスタ、牛乳とロクフォールチーズでおいしい即席の食事ができあがったのはありがたかった。言いようもない幸せな気分だと認めざるをえない。

ところが食事が終わるころ、今日ここへ来たのは週末に来られないからだとハリスが説明したとき、マロンは失望感にも似た感覚にとらわれた。

ばかばかしい。彼が到着したら自分はホテルへ移動し、週末に彼と会うことはないのだから。それに、どうして彼に会いたいと思うの？　ばかばかしいなんて言葉ではとても表現できない。

そんな考えは一時わきへ追いやり、なんの話をしていたか思い出そうとマロンは躍起になった。彼の不動産、この土地家屋、それに今日彼が視察に来たことを話していたのよ。

「この一帯を選んだのはどうしてなの？　妹さんが……」マロンの声はしだいに小さくなったが、ハリスには彼女が言わんとしていることがわかったようだ。

「フェイは当時、南部メイシーには住んでいなかった。初めてここへ来たとき、妹はアルモラ・ロッジを見つけたんだ。持ち主が一年間海外へ行っているあいだ貸家になると聞いて、借りたほうがいいとフィリップスを説得したらしい」そこで間を置き、ハリスは静かに尋ねた。「あれから彼には会っていないだろうね？」

「ええ、ありがたいことに」

「悪夢のほうは？」

「もう見なくなったわ」

「完全に？」

「あれ以来一度も……」日曜の夜と言いそうになったが、先週の口論を思い出させたくなくて、急に口調を変えた。「もう三日も見てないわ」

「この状態が続くといいね。皿洗い、手伝おうか」

「ひとりで大丈夫よ」マロンは明るく答えた。

ハリスが帰ったあと、寂しがっている自分に驚き、頭が変になったのではないかとマロンはいぶかった。彼のことは何も知らないのに！　一体全体何を考えているの？

土曜の朝気づいたのは、ハリスのことを考えているという事実だった。しょっちゅう彼の顔が脳裏に浮かぶ。不思議はないでしょう？　ローランド・フィリップスのもとを逃げだしたあの日、ハリスに助けてもらわなければ自分はどうなっていたかわからない。

その朝は職人たちが仕事をしていたうえに、とてもいい天気だったし、いつもより騒音がひどいような気がして、マロンは散歩に出ることにした。途中、公衆電話があったら母に電話しよう。

田舎道に出てからは、この週末ハリスは何をしているのだろうとぼんやり考えながら歩いていた。ハーコート・ハウスへ来ないということは、どこかの女性とのデートで忙しいという意味だろうか？　自分でもばかばかしいとわかっていたが、考えただけでなぜか少しいらいらした。やがて、後ろから近づいてくる車に気づいた。

誰かが道でもきこうとしているのかと思い、振り向こうとした瞬間、聞き覚えのある声に血が凍りついた。

「乗っていかないか？」

ローランド・フィリップス！　マロンは黙っていた。駆けだしたい一心だった。車が前にまわって止まった。マロンだと気づいたらしい。

「これはこれは！　久しぶりだな、マロン・ブレイスウェイト！」歩きつづける彼女と並行して、ローランド・フィリップスは車を走らせる。「こんなところで何をしているんだい？」マロンは無視しようとしたが、彼のずる賢い頭は、この道路沿いにある唯一の所有地が自分の義兄のものであることを確かめていた。「まさかハーコート・ハウスに滞在しているんじゃないだろうね」

この男には、自分の住まいや、今週末はひとりでいることを知られたくない。

「ハリス・クウィリアンと一緒に住んでいるのか？　それはまた思いがけないことだ」

「彼の家の管理人をしているのよ！」怒りが恐怖にとって代わった。

「そんな呼び名があるとは知らなかった」

ローランド・フィリップスはそういう卑しい考え方しかできない男だ。ハリスがもっと強く殴ってくれればよかったのにとマロンは思った。

「今週あいつは来ているのか？」

マロンはまたしても恐怖にかられた。「戻ったら、あなたがよろしく言っていたと伝えましょうか？」

彼はアクセルを踏んで走り去った。せっかく散歩を楽しんでいたのに、爽快《そうかい》な気分はあっというまに消えうせてしまった。マロンは回れ右をして家に戻った。

職人たちは昼過ぎには帰ってしまい、ひとり残されたマロンは、彼らに町まで乗せてもらえばよかったと後悔した。泊まるところくらい、すぐに見つかったはずだ。でもローランド・フィリップスに話したとおり、自分はハーコート・ハウスの管理人として滞在している。ということは、少なくとも新たに雨漏りがした場合にそなえて現場にとどまる必要がある。

寝室へ上がっていきながらマロンは不安で仕方がなかった。この週末はハリスが滞在しているとほのめかしたのを、ローランド・フィリップスが覚えていることを祈った。その夜はまたもや悪夢に悩まされ、あまりの怖さにいつものように部屋を出てキッチンへ下りていくことさえできなかった。

月曜日になり、職人たちが戻ってきたのがこれほどうれしいと思ったことはなかった。ケビンと一緒に町へ買い物に行き、何度か母に電話したが、留守だった。たぶん母も外出しているのだろう。

時がたつにつれ、先週の土曜日に散歩に出かける前の日常に戻りつつあった。しかし、悪夢やいやな記憶とはなかなか縁が切れなかった。

金曜日、明日の午前中にはハリスが到着するのを予想し、キャセロールを大量に作るつもりで、マロンは新鮮な野菜とチキンを買ってきた。今夜自分の夕食にして、明日ハリスが食べたければ食べるだろうし、彼が欲しくなければ、日曜の夜わたしが食べるまで冷蔵庫に入れておいてもらえばいい。

最後の職人が五時半に帰っていき、六時にはキャセロールがオーブンのなかでいい感じに焼きあがりつつあった。そのとき、車の止まる音がした。誰かが忘れ物でもとりに戻ってきたのだろうか？　それとも、ハリスが明日ではなく、今日来ることにしたの？　マロンの顔が期待に輝きはじめた。

キッチンのドアが開いた音に、振り返ったマロンは青ざめた。

「ここもだんだん格好がついてきたじゃないか」ローランド・フィリップスがキッチンの奥へと入ってきた。

マロンは体の芯《しん》まで凍りつき、ぶっきらぼうに尋ねた。「なんの用なの？」

「そんな言い方はないだろう、マロン。好意で来てやったのに」

「あなたの好意なんか必要としていないわ！」

「それがあるんだよ。きみのお母さんから電話があったんだ」

「母が……」

「あきれたね、マロン。ぼくを窮地に立たせたことを、お母さんには話していなかったのか？」

「どうして仕事を辞めたか言わないほうがいいと思ったのよ！」助けて。職人は誰もいない。そのうえ、ローランド・フィリップスの目には挑発するような色が浮かんでいる。

「母なら警察に訴えなさいと主張したでしょうよ」脅しておいて損はないとマロンは考えた。

「そんなやぼは言いっこなしだよ」ローランドは彼女の体をなめるように眺めている。

「ぼくがずっときみに惹《ひ》かれていることは知っているだろう」

「わたしのことなんか何も知らないくせに！」マロンはあとずさりながらもきっぱりと言った。

「それは誰のせいかな？　二人で……」フィリップスが言いかけたが、あとは戸口から聞こえてきたうなり声にかき消された。

「ここへ何をしに来たんだ？」怒りでおかしくなった顔つきでハリス・クウィリアンが詰め寄った。

ローランド・フィリップスはびくびくしながら振り向いた。「ぼくは、その……ここに電話があれば来る必要などなかったんだ。お母さんから電話があったことをマロンに伝えに来ただけだ」

「二度とここへ近づくんじゃない。出ていけ！　一歩でもこの敷地に足を踏み入れてみろ……おまえを捜しに行くからな」

そしてどうするかは言わなかった。言う必要はない。義兄がこけおどしを並べたりしないことは百も承知のローランド・フィリップスは、急いで立ち去った。

ハリスが明日ではなく今夜来てくれたことに安堵《あんど》感がこみあげ、マロンは今にも泣きそうだった。まだ体は震えていたが、立ち直りつつあった。「明日来るんだと思っていたわ！」

マロンと義弟が間近にいるのを見たハリスが誤解しているようなのに気づいて、マロンはあらためて動揺した。

「見ればわかるだろう！」ハリスはいらだたしげだ。

「見ればわかるって？　たとえ一瞬でも、まさかあなた……」

「きみがここにいると、なんでフィリップスにわかったんだ？」

マロンは本当に泣きたくなった。どうして彼にそんな想像ができるの？　二度まで動揺させられた彼女の心は、急に怒りに変わった。なんとか怒りを抑え、返事はしないと心に決めてオーブンの前を通りながら、威厳をもって言う。「これは七時になったら消して！　わたしは荷造りするわ！」

まったく頭が固いんだから。マロンはキッチンを飛びだし、足音高く階段を上がっていった。あまりにも激怒していたので、その朝シリルが指摘してくれた踊り場のゆるんだ床板をよけるのがやっとだった。部屋にたどり着くと、ますます激しい怒りにとらわれた。

マロンは頑固だった。もうどうでもよかった。どうせここは救いがたい状態なのだ。床板はどこもかしこも破損していて、配管工事は無計画、ほとんどの寝室の壁土は腐っているので使えるのはわずかに二部屋だけ。ここの美しい環境や、すべての工事が完了したときにはどれほどすばらしい屋敷になるか、考えたくもない。

ハリスが明日の朝まで到着しないと思って、職人たちがいなくなるや、わたしがローランド・フィリップスに来るよう連絡したと思ったとしたら、ハリス・クウィリアンはとんでもない人だ。

マロンがたんすから衣類をとりだしているところへ寝室のドアが開き、彼女の憎悪の対象となっている人物が入ってきた。椅子が邪魔なのはマロンも承知していた。重い椅子なので、毎晩引きずらなくてもすむようドアの近くに置いたままにしていたのだ。ハリスがつまずいて転びそうになった。

いいきみだわ。「椅子はわざとそこに置いてあるの。いつもはドアノブの下に立てかけておくのよ。招かれざる侵入者を締めだすためにね！」

ハリスはしばしマロンを見てから言った。「ぼくは謝るのが下手なんだ」

へえ。「自分が悪かったとわかっていても？」

「あの椅子、本当に夜間ドアノブの下に立てかけておくのか？」

マロンは説明する気がなかったので、肩をすくめただけだった。それでも言葉が口をついて出てしまう。「先週の土曜日、散歩に出たとき、あなたの義理の弟が車で通りかかったの。わたしがどこに住んでいるか彼に気づかれたんで、それ以来、ドアノブの下に椅子を立てかけてあるのよ」

「ああ、マロン、ぼくはなんて卑劣な男なんだ」

「そのようね！」

「本当に悪かった」

「ほらごらんなさい、そんなに大変なことじゃなかったでしょう？」

「お母さんに電話するのにぼくの携帯を貸してあげたら、許してくれるかな？」

マロンはためらった。「そうね……」

「お母さんは、きみがもうローランド・フィリップスのところで働いていないのを知らないのか？」

「クリフトン・ホテルに泊まったとき電話したけど、言えなかった、心配させるといけないから」怒りはどこかへ消えていた。マロンはふたたび衣類をとりだそうとした。

「出ていく必要はない！　それどころか、この週末、きみはどこへも行くことはないさ」

「あなたはここに泊まるのよね？」きかなくてもわかっている。

「日曜日までいる。でもぼくを信じてほしいんだ」

マロンはすでに彼を信じている気がした。見つめあっているうちに、ハリスが人を引きつける魅力的な笑顔になったので、マロンは一瞬力が抜けてしまった。

「頼むからいてくれ。日曜日にきみが戻ってきたとき、あのおいしそうなにおいのするキャセロールが残っていなかったら、ぼくを猛烈に恨むに違いないから」

「わたしをホテルには連れていってくれないという意味かしら?」

「そんな意味じゃないよ、わかっているだろう。ぼくは、このどうしようもない状態のなかでも、来るたびにきみが居心地のいい雰囲気にしてくれていると言いたかったんだ。ぼくが来たからといってきみが出ていくのは理不尽な話だ」

「今はもう、わたしがあなたの義理の弟をわざとここへ呼んだとは思っていないという意味?」

「そんなふうに考えたこともないよ」

「あら?」

「そりゃ腹は立てたさ。あの男を殴る口実が欲しかった。あいつが戦いもせずあわてて逃げたので、誰かにその怒りをぶちまけたかったんだ」

「そして、たまたまわたしが近くにいたというわけね」

「ぼくは本当にいやな男だな」

「でも完全な人間なんていないわ」

ほほ笑んだ彼女に、ハリスがほほ笑み返す。「そのスーツケースを一泊用の鞄と交換する気はないかい？」

マロンは首を横に振った。「あなたさえよければ、ここで一緒に食事をしたいわ」

ハリスは満足げにうなずき、自分の携帯電話の使い方を教えてから部屋を出ていった。

マロンは母の電話番号を押したが、もうローランド・フィリップスのところには電話をかけないよう、どうやって説明したらいいか見当もつかなかった。

「お母さん、わたしよ」

「あら、マロン。安心したわ！　ミスター・フィリップスに電話したら、あなたはもう彼のところにはいないって言われて、心配したのよ。一体全体、今どこにいるの？」

「大丈夫。南部メイシーからそれほど遠くないところよ。前の職場から数キロしか離れていないわ」

「何があったの？」

誤解を招くようなことは言いたくなかったが、ローランド・フィリップスをあまり好きになれなかったことと、今は彼の義兄のところで職人たちを監督する仕事についていると説明した。「臨時の仕事だけど、気に入ってるわ」

「まあ、あなたが気に入っているのなら何も言わないわ。でもいつでも帰ってきていいのよ。そのことは忘れないでね」

「もちろんよ」

母は新しい雇主の名前と連絡先をしきりに知りたがった。そのあとジョンと替わった。

「きみがハリス・クウィリアンに雇われているとイブリンから聞いたが？」マロンがそうだと認めると、ジョンは彼を知っていると言って続けた。「それなら心配ない。ハリス・クウィリアンはウォーレン・アンド・テイバー金融会社の社長だ。彼ほど公明正大な人間はいないよ」

電話を切ってからマロンは顔を洗い、薄化粧をしてブロンドの髪をとかした。ドレスを着替えたかったが、ハリスは何事も見逃さないタイプなので、彼のために着替えたと思われたくない。それに、キッチンで食事をするのに着替える人がいる？

階段を下りていくと、ハリスの姿は見あたらなかった。暗くなるまでまだ数時間ある。どれくらい工事がはかどったか、調べているのだろう。

キャセロールの仕上がり具合を見ているところへ、足音が聞こえた。「工事は順調に進んでる？」キッチンに入ってきたハリスにマロンは尋ねた。

「一部の工事はほかより早く進んでいるようだ」

「そういえば、踊り場に危ない床板があるの」マロンはキャセロール鍋《なべ》をテーブルに運んだ。

「ぼくも気づいたよ」

やはり彼は何も見逃さない人だ。注意深くなくては金融会社の社長にはなれないのだろう。

「料理はどこで習ったんだい？」食事の途中でハリスがきいた。「レシピはどこにもなさそうだけど」

「煮込み料理を作るのにレシピの助けはいらないと思うわ」よく考えもせず、マロンは気軽な調子で答えた。「料理は毎日してるしね」

「お母さんは料理が好きじゃなかったのか？」

彼はわたしの経歴を探ろうとしているのか、それとも単なる儀礼的質問だろうか。「母は父の死に打ちのめされ……以来、何事にも興味を持てなくなってしまったの」

「娘のきみにも？」

「わたしがいたからこそ、父がいなくても母は生きる決心をしたのよ」

「お父さんが亡くなったのは、きみがいくつのときだい？」

「十三歳」マロンは感慨にふけった。「父は立派な人だった。物静かで、優しくて。腕のいい外科医だって誰もが言っていたわ。母が……しばらくのあいだ親としての務めを果たせなかったのは、無理もないことよ」不幸だった日々をくよくよ考えたくなくて、マロンは明るい声で続けた。「この前も言ったと思うけど、母は新しい人を見つけてまた幸せをつかんだの。それが大事なのよ」

「きみの居場所はもうないということか？」

「そんなふうには言ってないでしょう。今夜電話したときも、二人の家はわたしの家でもあると言ってくれたわ。でも……わたしはここに住みたいの」

「床板が腐っていてもか」ハリスの口元に笑みが浮かんだ。「お母さんが再婚する前は一緒に住んでいたのかい？」

「小さなフラットだった。母やジョンと一緒に住む代わりにひとりでフラットに残りたいと言ったら、母は動揺したでしょうね。転職を考えていたのも事実よ」

「そこできみは住み込みの家政婦をしたほうが幸せだというふりをしたわけか？」

「家事だけじゃなかったわ。アルモラ・ロッジは掃除の必要があったのは事実だけど、書斎もかなり乱雑だったし、ローランド・フィリップスの代わりに書類を整理したり、たまった書類をファイルしたり、そういったことよ。彼は……」ローランド・フィリップスのことは、考えたくもないし口にしたくもない。話題を変えよう。「きのう、またデルがプラムを持ってきてくれたから、パイを作ったの。食後にどう？　チーズもあるわよ」

「いいことを教えようか、マロン。きみにここにいてほしいと頼んで、ぼくのほうが得した気分だよ」

ハリスのコメントに、マロンは言葉を失った。何か気のきいたことを言いたかったが、恥ずかしさがつのるばかりだ。「そんなことを言って、皿洗いから逃げる魂胆ね？」

「食器洗い機がどこかにあるはずだ」灰色の目が楽しそうに笑っている。

食器洗い機を使うほどの量ではなかったので、マロンが皿を洗い、ハリスが拭《ふ》いた。マロンはまたしても恥ずかしさに襲われた。彼のそばに立っているとどこか親近感を覚える。彼女は半歩ハリスから離れた。親近感ですって！　いったい何を考えているの。彼は後片づけを手伝ってくれているだけなのに。たった今自分が考えていたことを知ったら、ハリスは仰天するだろう。

マロンは彼に背を向け、どこもきれいに片づいているのを確かめた。「もう休むわ」今までどんな男性にも感じたことがないほど、急にハリスの存在を意識しはじめた。

「いつもこんなに早く寝るのか？」外はまだ明るさが残っている。

「そうじゃないけど。でも今夜はあなたがいるから、わたしは二階に上がって本でも読むわ」

「本を応接間に持ってくればいいじゃないか」

「ええ……そうね」キッチンを出ていくマロンには、本を持って下りてこないことがわかっていた。ハリスもそう思っているに違いない。

彼を信用していないわけではない。寝室に身を落ち着けたマロンは、自分の感情を理解しようとした。彼と一体感を共有している気がしたかと思うと、次の瞬間には恥じらいと気後れを覚える。

ハリスを信頼しているのは間違いない。信頼していればこそ、この家には二人きりだとわかっていながら、ドアのそばに置いてあった重い椅子をもとの場所に戻したくらいだ。

数時間後、ベッドに横になったときマロンは気づいた。ハリスに対する信頼は本能的で完璧《かんぺき》なものだったのだと。ドアに鍵《かぎ》をかけなかったし、鍵がかかっていないことを思い出しても、ベッドを抜けだしてまで鍵をかけに行く理由をひとつとして考えられなかった。

比較的穏やかな気持ちで眠りについたのとは対照的に、その夜の夢はいつにも増して暴力的だった。夢のなかであえいだり、気がおかしくなったりした。これは夢なのよ、現実ではないのよとわかっていても、自分をどうにもできない。

あまりの恐怖に息が止まりそうになった瞬間、目が覚めた。大きく息を吸いこみ、起きあがろうともがく。苦しい息づかいはしだいにおさまってきた。大丈夫、大丈夫よ。これはただの夢なんだから。そうわかっていても、また眠りたいとは思わなかった。悪夢にはもう耐えられない。

恐怖に怯《おび》えたままマロンは窓辺に歩み寄った。窓を開けて、冷気にあたりたい。だが頭がふたたび働きはじめた。窓を開ける音で、隣の寝室にいるハリスの眠りを妨げるかもしれない。

マロンはコットンのバスローブをつかんだ。物音をたてたくなかったので、ドアから椅子を離しておいて正解だった。

静かにドアを開けたとき廊下は暗かったが、明かりをつけようとは思わなかった。ハリスが気配を感じて目を覚まし、ドアの下から明かりがもれているのを目にするかもしれないから。そのとき、腐った床板のことを直前で思い出した。マロンはなんとかそれをよけ、手すりを頼りに階段を下りて、キッチンに向かった。

不思議なことに、キッチンのドアが少し開いていた。なかから明かりがもれている。寝る前にハリスが消し忘れたのだろうか。

ところが、ドアを開けるとハリスがやかんに水を入れている姿を発見して、マロンは驚いた。「わたしが起こしてしまったのね！」

「ぼくが自分の家のキッチンでお茶をいれているからといって、きみが大騒ぎする必要がどこにあるんだい？」

マロンはやりきれない思いだった。気の毒な彼は休養のためにハーコート・ハウスへ来たのに、眠っているところを起こされてしまったのだ。それもわたしのせいで。「ごめんなさい」背を向けて寝室に戻ろうとしたとき、彼の声に引き止められた。

「また怖い夢を見たのか？」

マロンは振り返った。「それが……怖い夢とはさよならできたと思っていたのに、また見るようになってしまって」

「いつからまた見るようになった？」

「先週の土曜日から」言い逃れるだけの元気はなかった。

「散歩に出かけてローランド・フィリップスと再会した土曜日だな」ハリスはそれ以上その話題に触れることはしなかった。「ここに座って一緒にお茶を飲むといい。それともアルコールにする?」

「お茶でけっこうよ」彼とお茶を飲むことに同意してしまったという事実よりも、無視できないことがあった。自分がナイトドレスとコットンのローブを着ているのに対し、ハリスはバスローブしか着ていない。ローブの裾《すそ》から見える形のいい脚と、襟元からのぞく胸から判断して、ローブの下には何も身につけていないようだ。マロンはあわててテーブルに着いた。

「砂糖は?」

「え?」

「砂糖を入れるかい?」

「その……いいえ」マロンは必死になって考えをまとめようとした。「音をたてないよう気をつけたんだけど。あなたを起こしたくなかったから」

「きみのせいじゃないよ。ずっと起きていたんだ。動きまわったら、きみを起こしてしまうのではないかと思って。そうしたら、きみが困ったことになっているんじゃないかと思える音がとぎれとぎれに聞こえてきた」

「まあ、ハリス。わたしって、あなたに迷惑をかけているのね?」

ハリスは彼女を見つめてから二人分の紅茶のカップを持ってきた。「そんなことはないさ」椅子を引き、マロンの向かい側に腰を下ろす。「きみは自分に起こったことや、ローランド・フィリップスから逃げていなかったら起こったであろうことが原因で、精神的なショックを受けているんだよ」

マロンはハリスを見つめ返した。彼は話のわかる人のようだ。彼ならなんでも話せる気がする。「そうだとしても、もう立ち直ってもいいころじゃないかしら」

「とんでもない。きみはとても傷つきやすい人だ、マロン。きみは誠意をもって住み込みの仕事をするためにアルモラ・ロッジへ行った。そこで、ローランド・フィリップスが立派な人格の男だというきみの信頼は無残にも打ち砕かれてしまった。以前に似たような事件にあったことも災いした」

「いいえ、違うわ！」マロンはぴしゃりと否定した。穏やかな気分は跡形もなく消えうせた。

いらだたしいことに、ハリスは静かなまなざしで見つめつづけている。マロンは目をそらすこともできない。「悪かった」少しも悪かったとは思っていない言い方だ。「初めて会ったとき、きみが誰とでもベッドをともにする女性だとみなす男にはうんざりだと言ったものだから」

「あなたって、なんでも覚えているのね」彼女は怒りを爆発させた。「何事も見逃さない人だということは、充分わかったわ！」

ハリスはあくまでも冷静で、少しもうろたえていない。「きみには、表面に出ようとしている温かい感情がある一方で、人がそこにつけこもうとすると、しばしば当惑するようだ」

またもや精神分析をしようというつもり？　マロンは気に入らなかった。「あなたのベッドサイドにはどんな読み物が用意してあるのかしら？」皮肉たっぷりにきく。

ハリスはほほ笑んだ。彼女のなかの何かをとろけさせる笑みだった。「マロン、きみをそこまで神経過敏にさせる、どんな事件があったんだ？」彼の声はなんとも優しい。

マロンはかっとなって言い返したかったが、できなかった。「な……」〝何も〟という言葉がどうしても出てこない。やがて、震えながら彼女は話しはじめた。「父が亡くなって二年後、母は再婚したの。でもそれは最初から完全な失敗だった」

「何があったんだ？」ハリスが静かにうながす。

「アンブローズ・ジェンキンズは母を幸せにすることより、父の財産のほうに興味があったの。彼と離婚が成立したとき、父の遺産は少しも残っていなかった。父が買った家まで奪われてしまった」

「きみとお母さんは、その男と別れてフラットに移り住んだんだね？」

マロンはうなずいた。「彼の忌まわしい息子とも別れてね！」鋭く言い放つ。

「息子も一緒に住んでいたのか？」

「プライバシーを保つために、寝室のドアノブの下に椅子を立てかけるという予防策を学んだのも、あの家でよ」

「きみを誘惑しようとしたのか？」

「誰もいないときにつかまえようとするくらいですんだわ」

「きみがいくつのときの話だ？」

「始まったとき？　十五よ。彼の父親が関心を示しはじめたのは十六のときだったけど」

「彼の父親が！　なんたる……」ハリスは唇を噛《か》みしめた。

「父親の場合は、行動より言葉によるものだった」

「その間、お母さんは何をしていたんだ？」

「何をしていたって？」マロンはすばやくハリスを見た。「何も。母は知らなかったのよ。彼らのどちらとも部屋で二人きりにならないよう、わたしが気をつけていたから」

「偉いな。それにしても、きみがどんな我慢を強いられていたか、お母さんに話さなかったのか？」

「そんなことできるわけがないでしょう。父が亡くなってから、やっとの思いで生きていたくらいですもの。再婚した夫が好色家なのは、あとになってわかったの。あんな男と結婚してわが家に入れたうえに、好色家の息子ともどもわたしにみだらな視線を向けていると知ったら、母は完全に打ちのめされたでしょうね」

「それできみはひとりで耐えたのか?」

「もうすんだことよ」マロンはほほ笑んでみせた。

「でも傷は残った」

「なんとか対処するわ」

「きみならできるな」

その瞬間、マロンはハリスがとても好きになった。彼の温かい灰色の瞳を見ているうちに、喉に熱いものがこみあげてくるのを感じて、彼女は突然立ちあがった。「せっかくだけど、紅茶は飲まなくてもいいかしら?」自分の部屋に戻ってひとりになりたかった。

ハリスも立ちあがった。彼の紅茶も手がつけられていない。「どうしたんだ?」

「別に」いったんはそう言ったものの、ふいに彼のハンサムな顔を見上げ、白状した。「今まで誰にも言ったことがなかった話をあなたに打ち明けたのよ。ちょっとめまいがするみたい」

「秘密は守るよ」ハリスは請けあった。

「わかってるわ」

「さあ、ベッドに戻ったほうがいい。朝が早いんだから」階下の明かりを消し、階段や踊り場の明かりをつけてから、ハリスはマロンと一緒に階段を上がっていった。「そこの床板に気をつけて」踊り場にさしかかったとき、ハリスが注意した。

　床板のことを先に指摘したのはわたしのほうよ！　だが足元を見ていなかったマロンは、まさにそのぐらぐらしている床板を踏んでしまった。床板が崩れると同時にマロンの体は傾き、何もつかまるものがないと思いつつ手が宙をつかんだ。

　だが、何かに助けられた。というより、ハリスが腕を伸ばして支えようとしてくれたが、彼もまた足元を見ていなかったので、同じ床板に足をすくわれ、二人は一緒に倒れこんだ。

　マロンは笑いそうになり、あわてて謝ろうとした。何か軽妙なことを言わなければ。ところが、彼の体が彼女の上で動いているのに気づいて、驚愕《きょうがく》した。彼の体重がのしかかっているのは、体勢を立て直して起きあがるまでの一時的なものかもしれないと考えるだけの余裕もなかった。

「どいて！」マロンはハリスの胸を手で押しのけながら悲鳴をあげた。

「しーっ、いい子だから」ハリスが彼女をなだめる。マロンが見上げた顔には、ジェンキンズ父子《おやこ》やローランド・フィリップスの顔に浮かんでいたような欲望はなかった。「そんなことは百万年たってもないって言ったの、忘れた？」ハリスがささやく。

　マロンは妙なことを考えた自分が恥ずかしくなった。「ごめんなさい」しかし、自分の上に重なっている彼の体の感触がマロンの体内に奇妙な感覚をかきたてているのは否めない。「あなたを信じているわ。ただ……」

「習慣はなかなか消えないというわけか」

「まあ、そのようなものね」マロンは、起きあがろうとした彼を見上げた。ハリスはためらい、彼女の目を見つめてから、視線を彼女の口元にさまよわせ、ふたたび目をのぞきこんだ。

それからゆっくり頭が下りてきて、マロンの唇にそっと彼の唇が重なった。温かいキスにマロンは息をするのも忘れた。キスを返したかったが、魔法が解けてしまうのが怖かった。どんな男性とも接近したことがないほどの距離でじっと横たわっていると、ハリスのほうから唇を離した。

「何も心配することはないんだよ、マロン」彼女の顔を見下ろし、なだめるように言う。「ぼくは、その……きみはキスされたほうがいいと思ったし、それに……どんなに魅力的な口元をしているか、誰かに言われたことはないかい？」ハリスはにっこりした。「それに……キスしたからといって何かが起こるわけではないんだよ」

マロンの心臓はこれ以上ないほど大きな音をたてていた。「その……」声がかすれている。「起こしてくれる？」何か気のきいたせりふはないかと懸命に頭を働かせた。「あなたのほうこそ、キスされたほうがいいと思ったら教えてね。なんとかしてあげられるかもしれないわ」

マロンは部屋に戻り、閉めたドアに寄りかかった。頭がくらくらしている。もっと情熱的なキスをされたことはあったけれど、今みたいにすばらしいキスは初めてだ。キスしたからといって何かが起こるわけではないとハリスは言った。でも、それはマロンが望んでいることではなかった。もっとキスしてほしい、もっと！　まあ、わたしはいったいどうしたっていうの？

5

朝を迎えるころにはマロンは落ち着きをとり戻していた。ゆうべハリスに優しくキスされたとき、自分のなかにわいた感情にまだ少なからず驚いていた。反対に、二人とも衣服を身につけてはいたものの、あのような状況で重なりあって倒れたのだから、そういった感情がわくこともありうるとマロンは自分に言い聞かせた。

同じことがまた起こるとも思えないけれど、今後気をつけよう。夜中に部屋を出るのはやめたほうがいい。たとえ叫び声をあげたくなるような悪夢を見たとしても。

その朝、マロンはいつもの元気がないのを認めないわけにはいかなかった。きみは〝キスされたほうがいい〟とハリスは言ったけれど、あのコメントはお世辞とは言えない。あらためて考えてみると、まったく生意気な言葉だ。

そこで、マロンはなるべくハリスを避けることに決めた。ゆうべホテルへ移ればよかったと後悔してもあとの祭りだ。

洗面と着替えをすませて、マロンは階段を下りていった。ハリスはすでに活動を開始していた。昨夜テーブルに出したままになっていたカップと皿が片づけてある。キッチンの窓から、ハリスがボブ・ミラーと話しているのが見えた。ボブが来るにしては早すぎる。早く来るよう前もって約束されていたのか、それともハリスが今朝電話したのだろうか？

思いをめぐらしている暇はなかった。ちょうど紅茶をいれたところへハリスがキッチンに入ってきて、ジーンズとTシャツ姿のマロンのすらりとした体に視線を走らせた。

「ぼくのお気に入りの管理人はご機嫌うるわしいかな？」彼女に歩み寄り、自分で判断しようとでもいうように顔を見下ろす。

「最高よ」彼のことで思い悩んでいるのを気どられてはならない。「バズがきのう、産みたての卵を持ってきてくれたの。ゆでる？　それともスクランブルにする？」一瞬二人の視線がからみあい、マロンは急いで目をそらした。

「新鮮なゆで卵なんて何年も食べてないな。応募した仕事の返事は来た？」

「わたしに出ていってほしいの？」

「なぜそんなことを言いだすんだ？　たった今、きみはぼくのお気に入りの管理人だと言わなかったかい？」

「そう……」マロンは肩をすくめた。「通知によれば……不採用だったわ」

「彼らの損はぼくの得というわけだ。ここを出る話だけど、きみは今日ここにいないほうがいいかもしれない」

「出ていけという意味ではないのよね？」

「とんでもない。踊り場に腐った床板がほかにもあったんだ。今日、古い床板を全部はがして新しいのを入れてもらうよう手配した。ぼくの想像では、かなりひどい騒音がすると思うよ」

「警告をありがとう」

「町まで送ってあげようか。心ゆくまで買い物でもしたらいい」

それはなんとも落ち着かない申し出だった。車の閉ざされた空間のなかで彼の隣に座るのは〝極力彼を避ける〟という計画の内に入っていない。

「いいお天気だこと。散歩に行こうかしら」言うなり、先週の土曜日に散歩していてローランド・フィリップスに出会ったのを思い出した。

「一緒に行ってもいいかな？」ハリスも同じことを思い出したのではないだろうか。

マロンは正直に答えた。「ときにはひとりでいたほうがいいこともあると思うの」

「それでこそぼくの……その……管理人だ」

朝食の後片づけをすませて、マロンはすぐに出かけた。緑の葉が茂る小道に沿って歩く。とくにどこへ行くというあてもなかったが、店を見つけたときのためにお金はいくらか持っていた。

どれだけ歩いたか見当もつかないうちに、シャーウィンの店の近くまで来ていた。ここをのぞいてみるのも悪くない。

ところが、角を曲がったとき、シャーウィンの店から出てきて止めてある車に向かう人影に気づいた。ローランド・フィリップス。向こうはマロンに気づいていない。彼女としては今来た道を引き返し、小道に逃げこんで、彼がいなくなるまで隠れていることもできた。

一瞬ためらったが、突然、ハリスの言葉を思い出した。〝それでこそぼくの管理人だ〟逃げていたのでは自分を悩ます亡霊に勝つことはできない。マロンはそのまま歩きつづけた。

フィリップスが彼女に気づいて足を止めた。「これはこれは。兄貴の恋人じゃないか。方向が同じだ。よかったら乗っていかないか?」

「いいえ、けっこうよ」

「お高くとまることはないだろう」彼はマロンの腕に手をかけ、引き止めようとした。

「さわらないで!」

「そう言うなよ」

「あなたなんか嫌いよ。吐き気がするわ。ふつうなら、あなたみたいな人とは口もきかないところなのに。言っておきますけど、今後二度とわたしに近寄ったら、この前のわたしに対する暴行を警察に訴えてやるから」

フィリップスは気に食わないという顔つきをしている。彼が握っている手をゆるめたので、マロンは腕を引き抜き、シャーウィンの店内を見に行った。

店を出たマロンはハーコート・ハウスめざして帰途についた。考えてみれば、ローランド・フィリップスに出会って泣きだしていたかもしれないのに、今は喜びのほうが大きかった。

もう怖がらなくてもいいのがうれしい。体力的に見たら、あの気持ちの悪い男に負けるのは間違いないけれど、彼もばかではない。女性に暴行を加えたという噂《うわさ》が立とうものなら、評判のいい会社における重役のポストが決定的に危うくなることくらいわかるはずだ。

しかしハーコート・ハウスに近づくにつれ、ローランド・フィリップスのことは考えなくなっていた。代わりに脳裏に浮かぶのはハリスの顔だ。大工たちが踊り場の床板をとり替えているあいだ、彼は何をしているのだろう。休養のためにハーコート・ハウスへ来たのに、騒音に耐えかねてロンドンへ帰ってしまったのではないかと、彼女は思いがけなく動揺した。

石造りの門を抜けながら、彼の車がないかと目を走らせる。表にボブ・ミラーとシリルの車のほかに二台あったが、いずれもハリスのものではない。

心配なんかしていないわ。どうして心配する必要があるの？　ハリスには自由に出入りする権利があるんだから。開いている玄関ドアから入ることもできたが、マロンは家の裏手にまわった。そこにも彼の車はなかった。

先ほどまでの高揚した気分は跡形もなく消えうせ、マロンはキッチンへ向かった。四時半には踊り場の床はできあがり、職人たちは帰っていった。彼らは月曜日までやってこないので、マロンはほうきをとりだして踊り場から階段、そして廊下を掃いた。

玄関前の石段を掃いているとき、電器店の車が門から入ってきた。

「ミス・ブレイスウェイト？　テレビをお届けに来ました」

ぽかんとなったマロンの顔に笑みが広がった。ハリスの車が私道を走ってくるのが見えたのだ。彼女は電器店の男性に注意を戻した。「そうね、キッチンへ運んでもらったほうがよさそうだわ。応接間にはコンセントがないから」

「ありますよ。さっきうちの人間が下調べにうかがったんです」

「それじゃ応接間に決まりね」マロンは応接間に案内し、テレビの置き場所を教えた。

ハリスが入ってきたとき、彼女はキッチンにいた。

「散歩はどうだった？」平静を装いながらも、ハリスの目は何か面倒なことがなかったかと探るように見ている。

マロンはほほ笑んだ。「快適だったわよ」ハリスが続きを期待しているようなので、彼女はつけ加えた。「ロンドンへ帰ったのかと思ったわ」

「それは、うれしいという意味なのか、それとも残念なのかな?」

正直に言うはずがないでしょう。「すごいテレビね」

ハリスは背を向けてキッチンを出ていったが、彼が笑みを浮かべていたのをマロンは見逃さなかった。きっと踊り場の床板を点検に行ったのだろう。

マロンも二階で着替えてこようと思ったが、突然恥ずかしさを覚えた。ばかげているのはわかっていたが、羞恥心《しゅうち》をどうしても克服できない。ゆうべ一緒に倒れこみ、彼にキスされたのは、まさにあの踊り場でのことだった……。

たかがキスじゃないの。マロンは自分に言い聞かせた。独身の叔母にするようなキスではなかったものの、情熱的なキスだったとも言えない。

マロンは夕食の支度に集中した。シャーウィンの店で買ったひき肉があるので、スパゲッティ・ボロネーゼを作ろう。ハリスが好きだといいけれど。彼が階段を下りて応接間のほうへ歩いていく音が聞こえたので、マロンはキッチンを抜けだし、寝室へ着替えに行った。

コットンドレスに着替えて下りてみると、テレビをとりつけに来た人はすでに帰ったあとだった。食料品で満杯と思われる段ボール箱を二つ持ってハリスがキッチンに入ってきた。

「それは何？」

「たぶん必要のないものばかりかもしれない。きみは一緒に来てくれないし、男がひとりでスーパーマーケットへ行けば、気が大きくなるのは仕方がないだろう？」

マロンは笑わずにいられなかった。彼の視線が彼女の口元にそそがれたときも、まだほほ笑んでいた。なんていとしい人。いやだ！　自分の考えに愕然《がくぜん》としたマロンの顔から、急に微笑が消えた。気詰まりな雰囲気にいたたまれなくなる。

「スパゲッティ・ボロネーゼは好き？」

急にどうしたのかと探るようにハリスが見ている。理由をきかれるに違いないとマロンは思ったが、ハリスは別段追及もしなかった。

「スパゲッティ・ボロネーゼは大好物のひとつだ」

ハリスが応接間にテレビの調子を確かめに行って戻ってきたとき、マロンは自分が緊張しているのに気づいた。こんな気持ちは初めてだ、自分でも理解できない。ハリスのことが好きでなかったら説明はつく気がする。でも彼女はハリスが好きだった、心の底から。

食事のあいだ、ハリスは如才なく世間話を続け、マロンの緊張はしだいに解けていった。ハリスはこの家に関する計画や、改修がすんだら付属の建物についても考えていると話してくれた。マロンはそれを聞いているのが楽しかった。いつしか話題は互いに読んだ本のことに及んだ。

ところが、ハリスが隣に立ってマロンの洗った食器を拭《ふ》いていると、またしても例の不愉快な緊張感に襲われはじめた。

「これで全部だと思うわ」忘れたものはないかとマロンはあたりを見まわした。彼女がなぜか緊張していることにハリスが気づく前に、さっさと退散したほうがよさそうだ。きっと質問されるに違いない。自分自身にもわからないことを、どうして彼に説明できるだろう？

「今夜はテレビの前でくつろぐ資格を得るだけの働きをしたと思うよ」ハリスがからかう。マロンの心臓が宙返りを打った。あまりに落ち着きがなく神経がぴりぴりしているので、応接間で静かに彼の隣に座っていることなど、とうていできそうもない。

「わたしは……寝室に上がるわ。本がちょうど面白くなってきたところなの」

ハリスはしばし探るように彼女を見つめてから、穏やかな声で言った。「きみが階下《した》で本を読みたいなら、テレビはつけないよ」

まあ、どうしたらいいの。「今夜は早く寝ることにするわ」話を打ち切ろうと彼のわきをまわったとき、ハリスが行く手に立ちふさがった。

「マロン、どうしたんだ？」ハリスが静かに尋ねたので、彼女はますます気がめいった。

「別に何も。本当よ」困惑した濃いブルーの瞳でハリスを見上げる。

「きみは何も心配しなくていい。それはわかっているよね？」彼女を見る目が鋭くなった。

「ぼくに出ていってほしいのかい？」

マロンは息をのんだ。逆よ、出ていってほしくないわ。「いいえ、行かないで！」

「ぼくがフィリップスみたいな男じゃないのは信じてくれるね？」

「もちろんよ！　心配なんかしてないわ。わたしはただ……。おやすみなさい」唐突な言い方だった。

ハリスは一瞬彼女を見つめてから一歩わきによけた。マロンは急いでキッチンを出ていった。ハリスのそばではどうして自然にふるまえないの？　彼の何がわたしを緊張させるのだろう？

寝室に戻ってひとりになると、またしても落ち着きを失った。階下に戻り、あなたのことは誰よりも信用しているから、同じ屋根の下に二人きりでいても一瞬たりとも不安は感じていない、と安心させてあげたい。

その抑えがたい衝動はあまりにも強すぎた。頭がおかしいのではないかとハリスに思われるのがいやで、マロンはかろうじて思いとどまった。

本を持って窓辺に座る。だが、とても心穏やかではいられなかった。本に集中することもできない。

バスルームで歯を磨き、顔を洗う。シャワーが使えればいいのに。念のために試してみたが、無駄だった。やはり水は出ない。ハリスのバスルームにシャワーがあったわよね？

だめよ！　即座にマロンは否定した。そのとき、踊り場の向こうにバスルームがあるのを思い出した。

　思い出したからには、シャワーを浴びずにはいられなくなった。ドアを開けて耳を澄ます。応接間からテレビの音がかすかに聞こえてくる。マロンはそっとドアを閉め、手早く服を脱いでコットンのバスローブに着替えた。石鹸《せっけん》とタオルをつかみ、踊り場へと急いだが、バスルームのドアはなかなか開かなかった。

　体当たりでようやく開いた。ドアを閉め、さっそく試してみる。やった、シャワーが使えるわ！　マロンは髪を頭の上にまとめてシャワー室に入った。

ああ幸せ！　滝のように流れるシャワーにしばし打たれてから、ようやく石鹸を使う。だが、何事にも終わりは必ずあるものだ。マロンは泡を洗い流し、シャワーを止めた。

　物思いにふけったままドアを開け、バスルームの床に足を下ろす。ふと目を上げたマロンはぞっとし、息をのんだ。仰天した表情でハリスがそこに立っていたのだ。マロンは一糸まとわぬ姿だった！

　ハリスはシャツとスラックス姿で、肩にはタオルをかけている。彼はバスルームに入ってきてドアを閉め、振り返ったところだった。彼女の裸身に魅せられ、呆然《ぼうぜん》とした顔で眺めている。マロンは立ちすくんでいたが、苦悶《くもん》の叫び声をあげ、ドアめがけて彼のわきを駆け抜けようとした。

彼女の意図に気づいたハリスは、よけようとしてとっさに右に寄った。不運にもマロンが左に飛びだしたので、二人は衝突してしまった。助けようとハリスが手を伸ばしたが、彼に触れられた瞬間、マロンはまるで火傷《やけど》でもしたような気がした。ドアに目を釘《くぎ》づけにしたまま彼を押しのける。やみくもにドアに飛びついたが、どうにも動かない。

彼女が七転八倒しているあいだに、バスローブを目にしたハリスは急いでそれをつかみ、ドアのそばへ引き返した。「大丈夫だよ、マロン」ローブを彼女の肩にかけながらだめようとする。「心配いらない。誰もきみを傷つけたりしないから」ローブを少し持ちあげ、腕を入れるところを広げてみせた。「さあ、腕を通してごらん」

マロンの恐慌状態は少しずつおさまりかけていたが、彼の言うとおりにしようとしても体が言うことを聞いてくれない。

「濡《ぬ》れた腕を薄いコットンの袖《そで》に通そうとするなんて無理よ!」だが、やがてマロンはローブを着ることに成功し、ハリスがベルトを結んでくれた。

「これでよし」いつのまにかマロンは体の向きを変えられ、彼と向かいあって温かい灰色の瞳を見上げていた。「クリスマス・プレゼントのようにきれいに包んだよ」ハリスが優しくからかう。

自分でも信じがたいことに、マロンはほほ笑んでいた。「配管工に話をするつもりだったの」わけを説明しようとする。「今朝、わたしの部屋のシャワーが出なくて」

「ぼくの部屋のも出なかった。きみがシャワーを浴びている音がしたと思ったから、ここのはどうかと見に来たんだ。もう落ち着いた？」

「え、ええ」ショックからは立ち直ったが、ハリスがあまりにも身近にいるので意識過剰になってしまう。「行かなくちゃ」マロンは向き直り、ドアノブを強く引っ張ろうとした。

同時にハリスが手を伸ばした。「大工の仕事がまたひとつ増えたな」彼はマロンを片側に寄せようとして、薄いローブしかまとっていない彼女の肩に無意識に腕をまわした。

自分の手を覆う彼の手の感触、肩にまわされた腕の感触に、マロンはまたしても凍りついた。しかし、なかば体の向きを変えたのか、彼のほうを向いていた。ハリスもまた彼女のほうへ半回転したのか、二人は向かいあい、互いを見つめあった。

ハリスが手を離すと、マロンもドアノブから手を離した。「マロン」ハリスは彼女の名をささやき、ゆっくり頭を傾けた。

たとえ命が危険にさらされていたとしても、マロンは彼に背を向けることなどできなかっただろう。彼の唇が重なった。それは彼女が待ち望んでいたものだった。

ハリスのキスは優しく、始まったと思うまもなく終わってしまった。唇を離しながらハリスはマロンを抱き寄せ、これ以上我慢できないというように彼女の首筋に顔をうずめた。

「きみはすてきなにおいがする」マロンの胸が高鳴りだす。ハリスは彼女の喉に唇を押しあてた。ウエストにまわした手に一瞬力がこもるのが感じられた。だが次の瞬間、彼は上体を起こして一歩後ろに下がった。「ぼくのふるまいはただの男としてのものだった。許してもらえるかな？」

マロンの恐慌状態はすでにおさまっていたが、ハリスのそばにいることで相反するさまざまな感情がわき起こってくる。「わたし、部屋に戻ったほうがよさそうだわ」

「ぼくのことは怖くないのかい？」ハリスは両手を下ろした。

マロンは恐怖など感じていなかった。彼の手を自分のウエストに感じていたかった。今はそこにあるのが当然のように思えたから。「ちっとも」マロンはほほ笑んでみせた。「つまり……今のはちょっとしたキスでしかなかったけど、それ以上は深入りしたくないの」

ちょっとしたキスですって。わたしはすっかり舞いあがっているのに！

ハリスもほほ笑み返し、また半歩ほど下がりながら言った。「かわいいマロン・ブレイスウェイト、およそ男性と深入りした経験はないんじゃないかな。違うかい？」

マロンは彼の質問に異議を唱えることもできたが、思いとどまった。突然、彼女は幸福感に酔いしれた。これも信じられないことだが、薄手のバスローブしか身にまとっていないのに、幸せで、彼といる安心感に包まれている気がする。彼にならなんでも話せる。

「一度だけあったわ」マロンの告白に、彼は興味を示した。

「ミス・ブレイスウェイト、ぼくを驚かせておいてそこまでしか話してくれないつもりじゃないだろうね。それはいつのことだったんだい？」

「そうね、二、三カ月前かしら」

「何があった？」ハリスはなおも迫る。

「愛していると言われたの。それで週末、一緒に出かけることになっていたんだけど、間際になってわたしが行けなくなって、彼は代わりにわたしの友達を連れていったというわけ」

「ああ、マロン、かわいそうに」

「彼女は彼の友達でもあったの。わたしたち三人は職場が一緒だったから」

「それで仕事を辞めたわけか？」ハリスの顔にもはや笑みはなかった。「彼を愛していたのか？」彼女の答えを待たず、彼は性急に質問を浴びせた。「今でも愛している？」

ハリス同様、マロンも真剣な表情で見つめていた。そのとき突然、雷に打たれたかのように、このところ自分がとり乱していた理由が理解できた。「いいえ。彼を愛したことはなかったわ」

「でも、彼と泊まりがけで出かけることを考えるほど好きだったんじゃないのか？」

「もうはるか昔のことみたい」マロンはその話題に終止符を打った。「あなたもシャワーを浴びたいでしょう。わたしは行くわ」

「その前に、もう一度ちゃんとキスしても許してもらえるのかな？」ハリスはいつものユーモアのセンスをとり戻したようだ。

マロンは彼を見上げてほほ笑んだ。別に罪はないわ、さっきよりちゃんとしたキスをするだけのことよ。キース・モーガンとの情事とも言えない出来事は思い出してももうつらくないし、今は幸せだ。彼女は自らハリスに歩み寄って背伸びをし、彼の頬にキスをした。

ただ、マロンが身を引こうとしたとき、おそらく彼女を支えようとしただけかもしれないが、ハリスの手が肋骨《ろっこつ》のあたりに触れた。バスローブの薄い生地を通して伝わる感触に、マロンの体に電気が流れた気がした。互いに見つめあう二人の顔はごく間近にある。まるで合意したかのようにどちらからともなく身を寄せ、唇が重なった。今度のキスはこれまでのとはまるで違っていた。最初はそっと優しくかすめるようなキスだったが、突然、マロンがハリスに触れたいという欲望に負けて彼に腕をまわすと、ハリスもゆっくり彼女を抱き寄せた。二人の体がぴったり重なり、キスがさらに深まる。

キスは一回ではおさまらなくなった。ハリスはマロンをひしと抱き寄せ、もう一度喉に唇を押しあててから、ふたたび唇を奪った。

「いとしいマロン」つぶやき、身を引いて、彼女の目をのぞきこむ。そしてこれ以上我慢できないかのように思いの丈をこめた言葉を口にした。「ぼくのいとしい人」

彼にキスしてほしいと熱望しているマロンの痛みは癒《いや》された。ハリスが優しく背中を撫《な》でると、マロンは彼に腕をまわした。マロンは愛撫《あいぶ》してくれる彼の手の感触が好きだった。とくに、彼がきつく抱き寄せてくれるときの感触が。

ハリスは彼女の喉元にそっとキスしてから徐々に耳へと唇を這《は》わせ、おなかのあたりを愛撫していた片方の手をゆっくり上へ移動して右胸のふくらみを優しくとらえた。

マロンは彼の肩に頭をあずけた。彼女の胸のふくらみをとらえたハリスの手は容赦ない愛撫を繰り返してマロンを魅了する。ハリスは何度もキスを浴びせながら、固くなった胸の頂を指でもてあそんだ。

やがて、薄手のバスローブでさえも邪魔だと言わんばかりにハリスは胸から手を離した。片方の腕でマロンをしっかりと抱き、背中を愛撫する。その間も、応《こた》えようとするマロンから魂を抜きとらんばかりに、キスを浴びせつづける。喉の線を上へ下へと愛撫を繰り返し、その手をバスローブのなかへ忍びこませた。

ハリスの繊細な手の動きがマロンの右の胸をじかにとらえたのが感じられた。彼の指先が固くなった胸の頂をなおもじらすと、彼女のなかでありとあらゆる感情が爆発しはじめた。彼の愛撫や、彼によって引きだされる感情におぼれそうになり、マロンの口からあえぎ声がもれた。

それを耳にしたハリスが動きを止めた。彼の手は固くなった胸の先端を名残惜しそうにたどりながら、ようやく離れた。それから身を引き、マロンの顔をのぞきこんだ。

「何も心配はいらないよ」そっとなだめる。

「わたし……」彼の手をウエストに感じて、マロンはそれしか言えなかった。ハリスが上体を起こし、困惑した瞳を探るように見つめる一方で、マロンは必死に考えをまとめようとしていた。「もうキスしないでほしいの」心ならずも嘘《うそ》をつく。

「ぼくも同じ意見だ。恥ずべきふるまいだった。マロン、ぼくが言ったことを信じてほしい。心配はいらないよ」

「わかってるわ」マロンは彼に背を向けたが、あまりにも動揺していたので、さっきよりもドアを開けるのに手間どった。

ハリスが歩み寄り、ドアを開けてくれた。「大丈夫かい、マロン?」

わたしはこんなにも神経が高ぶっているのに、彼はどうして落ち着いていられるの。

「大丈夫よ。心配しないで」彼のわきをすり抜け、マロンは寝室に戻った。

心配しないで、ですって? ハリスはマロンのなかに抑制しがたい感情を目覚めさせてしまった。それなのに、彼自身はその間ずっと自分の感情を抑えていた。〝何も心配はいらないよ〟という穏やかな言葉が示すように。ハリスにキスされてマロンがとり乱してしまったのに対し、彼は少しも動じなかった。彼がわたしをいとも簡単に解放したのが何よりの証拠だ。

心配しないで、ですって? わたしの気持ちなど知ろうともしない男性に恋をして、何が心配いらないというの?

6

日曜日の朝、目覚めると同時にマロンの頭に浮かんだのはハリスのことだった。たしかにわたしはハリスに恋している。それはまぎれもない事実だ。どうしても彼のことが頭から離れない。ただひとつ不思議なのは、自分のなかで起こっている変化に気づくのに、どうしてこんなにも時間がかかったかということだ。彼と初めて会った週からすでに始まっていたのに。

今になってみればすべて説明がつく。引っ込み思案だったこと、口もきけなかったこと、気まずかったこと、それでも彼に会えるのがうれしかったことの説明が。ときおり落ち着かなかったのはそのせいだったのだ。彼女はハリスのキスや彼に触れられたときの感触を思い起こした。

かつてキース・モーガンに対していだいていた感情が愛だと思いこむなんて、どうかしていた。わたしが一緒に出かけられないとわかると、すぐにほかの女性に慰めを見いだしたことに当時は傷ついたけれど、よくよく考えてみたら、何よりプライドが傷つけられたのではないかしら？

あのときは、もしかしたらキースと一緒に出かけない理由を探していたのかもしれない。そんなことを考えながらマロンはベッドを抜けだし、洗面と着替えをすませた。

一瞬ためらい、深呼吸をしてから寝室のドアを開けたとき、キース・モーガンのことはもはや脳裏になかった。

階下から物音が聞こえる。ハリスはすでに起きているようだ。マロンは感情の嵐《あらし》にとまどい、しばらく動けなかった。彼に会いたいと思う気持ちと、あまりにも恥ずかしくて顔を合わせられないという気持ちのあいだで揺れ動く。

しかし、一日中そこに立ってあれこれ迷っていることもできないので、もう一度深呼吸してから踊り場に出ていった。ハリスになんと言ったものか、見当もつかない。ゆうべは二度とキスしないでほしいなどと嘘《うそ》をついたけれど、本当はどんなにキスしてほしいか。これからもずっと！　ハリスのおかげで欲望をかきたてられ、彼と愛しあいたいとさえ思った。ハリスがわたしの嘘にとりあわなかったら、どんな事態になっていただろう。わたしはあのとき、怖いとは思わなかった。それだけは自信を持って言える。

それで、ハリスにどう挨拶《あいさつ》すればいいのだろう。明るくおはようと言いながらさっそうと入っていけばいいの？　わたしの胸を愛撫《あいぶ》する彼の手の感触を今でも覚えているというのに。

なんと挨拶しようかというマロンの悩みは、キッチンに入った瞬間に消えてしまった。彼の目を直視するのは恥ずかしかったこともあって、車のキーと一緒にテーブルに置かれた彼の週末用バッグに目が行ったのだ。

まるで殴られたかのようなショックに襲われた。ハリスが出発しようとしているのは明らかだ。「わたしのせいで帰らなくてもいいのよ！」口にしたとたん後悔したが、遅すぎた。マロンはその場から逃げだしたい気分だったが、ハリスは笑みを浮かべている。

「きみのせいで？」

動揺していたマロンは、彼にからかわれているのかどうか判断がつきかねた。とはいえ、二人のあいだにいわば愛の交歓があったことはまぎれもない事実だ。「あなたがノックもしないで部屋に入るようなまねは二度としないと約束するなら、わたしも何も着ないで歩きまわったりしないと約束するわ」にっこり笑って提案する。

今度はハリスがにやりとした。だが、すぐさま深刻な表情になった。「ゆうべはよく眠れたかい？　悪い影響はなかった？」

あまりよく眠れなかったが、不安や恐怖心からではなかった。だけど、心配もしなければ恐怖を感じることもなかったと打ち明けたら、ハリスに対する気持ちを白状するようなものだ。

「ああ、いとしいマロン」適当な言葉を探してマロンがなかなか返事をしないでいるうちに、ハリスがつぶやいた。「ぐっすり眠ればよかったのに。そういう危険はまったくなかったんだから」

あのときわたしがもうキスしないでと言わなかったら、ハリスのほうからやめていたと言わんばかりだ。わたしには自分で思っているほど性的魅力がないと言っているも同然だ！

マロンはプライドにすがった。「それならよかったわ」明るい口調で答えてみせる。魅力的な女性という観点からすれば、点数が低いと言われてもいっこうに気にしていないというふりを装った。それに、ハリスが帰ろうとどうしようとかまわないというところを見せなければ。「明日、配管工に何か辛辣《しんらつ》なことでも言っておきましょうか？」

ハリスのほうを盗み見ると、マロンの態度に感心しているような表情を目に浮かべていた。「彼の怠慢のおかげで、二人とも面倒なことになっていたかもしれないとだけ伝えてくれ」

マロンは笑わずにいられなかった。ハリスが仕組んだのではないかとさえ思える。だが次の瞬間、彼が鞄《かばん》と車のキーを手にしたのを目にして、そんな気分は吹き飛んだ。「運転に気をつけて」

ハリスは頬に軽くキスをし、それじゃという言葉を残して歩み去った。

彼がキスをした頬に手をあてたまま、どれくらいそこに立っていただろう。マロンにわかっているのは、これまでとくに話し相手が欲しいとは思わなかったのに、今は寂しくて仕方ないということだ。彼がいなくて寂しくてたまらない。

ハリスのことばかり考えながらも、その日はなんとかやりすごした。愛とは喜ばしいはずのものではないの？　本当は喜ばしいものなのかもしれない、お互いに同じ気持ちなら。でも、そんな可能性はゼロに等しいわ！

月曜日に配管工がシャワーを修理し、火曜日には技師が電話をとりつけに来てくれたので、マロンは明るい気分をとり戻した。うれしい驚きだった。電話の手配を頼んだとは、ハリスから聞いていなかったのだ。

その夜、マロンは母に電話をかけてこちらの番号を教え、久しぶりのおしゃべりを楽しんだ。

それからだらだらと数日が過ぎていったが、金曜日になると期待に胸がはずんだ。先週の金曜日、ハリスはロンドンからやってきた。今日も来るかもしれない。

その夜、マロンは失意のうちにベッドに横たわった。電話すらなかった。

土曜の朝は快晴だった。マロンの気持ちも天気同様、明るかった。今日こそハリスは来るだろう。

ところが彼はその日も、次の日も来なかった。週末のあいだ、電話が鳴ることもなく、マロンは彼に会いたい気持ちと、彼のことが頭を離れないつらさに耐えた。

晴天はやがて酷暑に変わり、月曜日になるとマロンはふたたび週末が待ち遠しくなった。ハリスが来るようだったら、いい天気が続いてほしい。平日の彼には戸外で過ごす時間などないだろうから。

月曜日に職人たちが帰ったあと、マロンは掃除道具を持ちだして応接間をきれいにした。火曜日の朝、応接間を点検しているところへ初めて電話が鳴り、彼女は飛びあがった。

母からに違いないと自分に言い聞かせながら受話器をとりあげる。「もしもし?」落ち着いた声で応対した。だが相手の声を耳にするなり、鼓動が猛烈に激しくなった。

「すべて順調に進んでいるかい?」ハリスが冷静に尋ねた。

「何も問題ないわ」自分の声に微笑がにじんでいるのに気づいたが、どうすることもできない。

「それはよかった」

ハリスは電話を切ろうとしている。マロンは、今週末、彼が来るかどうか尋ねたかったが、結局できなかった。

「そちらの天気はどう?」彼に電話を切らせまいとして天気のことを尋ねるほど自分は必死なのだろうかと、いやになる。「こっちと同じように、そちらも暑さに耐えているんでしょうね。あの、ボブと話でもしたかったの? その辺にいると思うんだけど。捜してきましょうか」

「その必要はないよ。問題ないときみが言うんだから、安心だ」その言葉を最後に電話は切れた。

マロンは受話器を置いた。あまりに動揺していたのでひとりになりたかった。寝室に上がり、ドアを閉める。

週末に来るかどうか、どうして尋ねなかったのだろう。きいて当然のことなのに。

平静をとり戻したと確信してから、マロンは散歩に出かけた。ハリスに対する感情のせいで自分が神経質になっているのは承知している。彼を愛しているという気持ちを暴露することのないよう、今まで当たり前だったことを疑ってかからなければ。

マロンはハーコート・ハウスに戻った。散歩に出れば気分がよくなるだろうと期待したけれど、無駄だった。だが、昼食時にキッチンの窓から外を眺めたときハリスの車が通りかかるのを見て、たちまち気持ちがはずんだ。

紅潮した頬をなんとかしなければ。彼がキッチンに来るまでに数分かかるのはありがたい。〝お久しぶり？〟だめだわ。〝今日は金曜日でも土曜日でもないわよね？〟これもだめ。

長身でハンサムなハリスが、スーツのジャケットを片手にキッチンに入ってきたのを目にしたとたん、練習していた挨拶の文句はきれいさっぱり忘れてしまった。「いったいどうしたの？」胸をどきどきさせながらマロンは尋ねた。ああ、彼をどんなに愛しているか！「いいえ、あなたはこの家の持ち主なんだから、自由に行き来して問題ないわけだけど」かすかに笑いながら言う。

ハリスは笑わなかった。微笑すら浮かべようとしない。「問題がある、きみと相談しなければならないことが」

マロンはたちまち恐怖に襲われた。わたしにここを出ていってほしいと言うつもりなのだ。絶対そうに決まっている！　でもマロンは出ていきたくなかった。少なくとも今は。彼を愛しているとわかった今は。それが原因かしら？　彼はわたしの気持ちに気づいたのだろうか？　突然、プライドが彼女に味方した。わたしが愛情を感じていると彼は考えるかもしれない。その点に関してははなはだ疑問だということを思い知らせてあげるわ。

「今サンドイッチとコーヒーを用意しようとしていたところなの。お急ぎ？」彼に言われる前にここを出ていくと自分のほうからきりだしたほうがいいだろうか？　それが賢明かもしれない。

「サンドイッチをもらうよ」

マロンはパンとバター、チーズ、ハムをとりだしながら、ふたたび考えをめぐらした。あせってはだめ。解雇を宣告しに来たとはかぎらないもの。もしかして……。でもなぜ？

二人分のサンドイッチができたとたん、マロンは食欲をなくした。ハリスはジャケットを椅子の背にかけ、マロンはコーヒーをいれた。

「それで、どんな問題かしら。大したことでなければいいんだけど」

「フェイのことなんだ」

マロンはどっと安堵《あんど》感に包まれた。ハリスは別れを告げに来たわけではなさそうだ。

「あなたの妹さんね？」懸命に声を平静に保とうとする。

「ああ。きみに電話したあと、すぐにフェイからかかってきたんだ。あとで気づいたんだが、妹がこっちへ来ることがあったら、きみに会いに来るかもしれない」

ハリスの言葉が何を意味しているか、マロンには理解できなかった。彼女がこちらへ来るとしたら、アルモラ・ロッジへ行く〝途中〟ということになる。でも、ハリスは何を言おうとしているのだろう。わたしがここにいるのを知られたくないという意味？　やはり、出ていってほしいのだろうか。

ハリスはマロンを見つめている。まじめくさった表情で。「問題はそう簡単ではないんだ」

何が簡単じゃないの？　じっと彼を見つめ返していたマロンのなかで何かがひらめいた。

「でもどうしてあなたの妹さんがここへ？　わたしに会いに来るの？」急に不愉快になり、怒りのにじむ声になった。「あなたは、妹さんのために彼女の夫がどんなに卑劣な人か言ってほしくないのね。そうなんでしょう？　言うはずないじゃない！　信用してくださってありがとう！」

「きみを尊重していればこそ、電話じゃなく、時間を割いて会いに来たんだ」

まあ、ハリス！　彼がわたしを尊重しているですって。「それで……その……問題って？」

「妹は頭がいいとはいえ、結婚したあの卑劣な男をまだ愛している。ぼくは事態を包み隠さず伝えようとしたが、ぼくたちのあいだに生じたのは不和だけだった。そこで何もできずに引きさがるしかなかったんだ。ぼくには必要なときにフェイを支えてやることしかできない」

「それで今、彼女を支えてあげる必要が生じたと思っているのね？」

「厄介なことに、フェイは自分たちの結婚生活をなんとかしようとしていたのに、フィリップスに愛人がいることを聞きつけたんだ。ちょうどあいつに連絡したばかりだったのか、今朝ぼくに電話してきたときは異常に興奮していた。どうしてわたしを裏切るようなまねをするんだってぼくにきくんだ。なぜフィリップスの愛人を……」ハリスはいったん言葉を切ったが、マロンの真剣なブルーの瞳を見つめて締めくくった。「ぼくの家に住まわせているのかと」

「わたしのこと？」マロンは叫んだ。「フィリップスはわたしが彼の愛人だなんて言ったの？」

「信じられない話だろう？」

「なんて卑劣な人かしら！」マロンは最後にローランド・フィリップスに会ったときのこ

とを思い出した。「わたしのせいだわ！」

「え？」

「彼の復讐《ふくしゅう》なのよ。わたし、彼に会ったの……」

「いつ？　いつ彼に会ったんだ？　あの男、またここへ来たのか？」

「違うわ！　あれはこの前の土曜日だった」

「ここへは二度と来るなと言ったあの翌日か？」

マロンはうなずいた。「散歩に出たの。怖くなんかないと自分に証明するつもりで」

「覚えているよ」ハリスは静かに続けた。「彼に出くわして、どんな気持ちだった？」

マロンはいきなりほほ笑んだ。「少しも怖くなかった。それどころか怒りがこみあげてきて、あなたを見るとむかむかするとか、またわたしに近づいたりしたら、警察に通報するって言ってやったの。あなたみたいな人とは話もしたくないって」

「本当にそんなことを言ったのか？」ハリスの目に称賛の色が浮かんでいる気がしたが、それもすぐに消えてしまった。「それで、最近はよく眠れているかい？」

ハリスのことばかり考えたり、彼に愛される可能性はないとわかっていても彼を愛しているという事実からして、よく眠れないというのが正直なところだった。「悪夢はあれから一度も見ていないわ。それが知りたかったんでしょう？　話がわき道へそれてしまったわね。もちろん、妹さんから電話があったら、わたしは彼女の夫の愛人じゃないって断固として宣言するわ。わたし――」

「そんな必要はない」ハリスがさえぎった。だが次の言葉を口にする前に妙な間があった。

「そのことはぼくが妹に話したから」

いつもならマロンもそれで納得したところだ。しかし何かが――おそらくハリスの妙な間と、彼に対してつのる感覚が――彼女に質問させた。

「それで、妹さんはあなたの話を信じたの？」夫をこのうえなく愛している女性のことだ。相手がどんなに卑劣な男だとしても、単に兄が否定したというだけで、夫が愛人だと称した女性が実はそうではなかったと信じるだろうか？　ましてや、その愛人と称する女性がわずか数キロしか離れていないところに住んでいるとしたら、そう簡単には信じられないはず。「どうやって彼女に納得させたの？」

「ああ」ハリスがつぶやいた。その返事がどんなものであれ、気に入らないだろうとマロンは直感した。彼女の勘はあたった。「さっきも言ったように、フェイは異常に興奮していた。それで、妹を落ち着かせる唯一の言い逃れを思いついたんだ。きみはフィリップスの愛人ではなく……ぼくのだと」

マロンは激しく動揺した。「愛人！　愛人って言ったの！　妹さんにわたしがあなたの愛……彼女を納得させるためにほかに何を言ったの？」口調は鋭く、目は火花を散らしている。

「なるべく真実からかけ離れないようにしたつもりだ」

「そのようね！」

「ぼくが間違っていた。それはわかってる。でもフェイは傷ついていたんだ……彼女が転んだときはぼくが抱き起こして慰めるのが習慣のようになってしまって。それが体に染みこんでいるんだ」

マロンは怒りがやわらぐのを感じ、気をとり直した。なんて人かしら。ともかく、彼が妹に言ったことは常軌を逸している。「だから？」

「妹には、きみがフィリップスのところで数週間働いたことがあると言っておいた。おもに彼が外国に出かけているときにね。彼が戻ってきてきみにちょっかいを出したので辞めたということも」

それは事実だ。「続けて」

「ぼくが車で通りかかり、きみを駅まで乗せてあげようということになったが、道中、ここでの仕事を持ちかけて……それで……現在にいたると」

「まるでわたしがその辺の、誰とでもベッドをともにする身持ちの悪い女みたい」

「断じて違う！」

「そうでしょうとも！　それから、電話したあとで、妹さんが駆けつけて夫と対決するかもしれない、わたしに会いに来るかもしれないってことに気づいたのよ。そうなっては困るから、大急ぎでここへ来たんでしょう」

「ぼくの口から直接話したかったんだ。その……」

「話は終わりよ！」マロンは吐き捨てた。頭に血がのぼっていた。「わたしは散歩に行くわ！」戸口で肩越しに言葉を投げつける。「少しでも礼儀をわきまえているなら、わたしが戻るまでに帰ってちょうだい！」

　マロンは勢いよく歩きだしたが、五分もすると暑さからスピードは落ちていった。ハリスに対する怒りはまだおさまらない。なぜ妹に真実を打ち明けられなかったの？　たしかにフェイは異常に興奮していたかもしれないけれど、わたしを愛人だと言うなんて、ハリス・クウィリアンは自分を何様だと思っているのかしら。

　フェイの受けた心の傷を考えると、マロンはいくらか弱気になった。かわいそうなフェイ。彼女は夫と和解できることを期待していたのに、話の様子では、夫にその気はなさそうだ。マロンはすぐさま弱気をはね返した。たとえハリス・クウィリアンが幼少のころから妹の面倒を見てきたにしても、あんなことを言いふらす権利はないはず。

　数キロ歩いたところで、怒りが薄れているのに気がついた。なぜあんなにも腹を立てたのか、不思議なくらいだ。誰の愛人だとも思われたくないけれど、単なるゴシップにすぎない。事実でないことは自分が知っている。〝彼〟も知っている。それに……ああ、いまいましい。わたしが戻るまでに帰ってほしいと言ってしまった。

マロンはきびすを返し、事態の滑稽《こっけい》さから目をそむけようとした。結局、ハリスの家なのだから、彼には好きなように行き来する権利がある。それなのに、帰ってと命令するなんて！

ハーコート・ハウスに帰ってきたとき、見覚えのない車が私道に止まっていたが、大して気にもとめなかった。つねに大勢の職人が出入りしているので、見慣れない車があるのは珍しくない。気になるのは一台だけ。

その車はまだあった。マロンは安堵のため息をもらし……そしてまた腹を立てるだけの余裕が出てきた。廊下を歩くマロンの足音が聞こえたのか、突然ハリスが応接間から姿を現した。

無言でキッチンに入ろうとしていたマロンは、ハリスにほほ笑みながら声をかけられ、立ち止まらざるをえなかった。「戻ってきてくれてよかった。来客だ」

「まあすてき！」マロンはにこやかに答え、彼と一緒に応接間へ入っていった。

ハリスより十歳くらい若い、長身で黒髪の女性が立っていた。「あなたがマロンね」

フェイは笑みを浮かべていたが、マロンの目には彼女が悲しそうで傷つきやすい女性に見えた。気のせいでなければ、さっきまで泣いていたのではないかと思える痕跡《こんせき》が目のまわりにある。

ハリスから紹介を受け、マロンは明るくほほ笑んだ。「こんにちは。お着きになったとき留守にしていてごめんなさい。散歩に行っていたもので」

「ぼくが工事の進み具合を調べているあいだにね」

「来ることを前もって知らせるべきだったわ」フェイが申し訳なさそうな顔でマロンに言った。次の言葉を口にする前にためらいがあった。「わたしがローランドに会いに行ってきたことは察しがつくでしょうね」

「ええ」知らないふりを装っても仕方がない。だが、ハリスの妹にとって痛ましい出来事をいつまでもくよくよ考えていてほしくはなかった。「お食事は？ まだでしたら、何か――」

「何も食べられそうにないわ」

「でも、急いで帰る必要はないんですよね？」

「ご親切にありがとう。ここの環境はとても落ち着くわね」

「好きなだけいるといい」ハリスが提案する。

「本当に？」マロンのほうを向き、フェイは打ち明けた。「実は、少しばかり神経がまいっているの。明日の朝早くロンドンで会議があるんだけど、今夜はここでゆっくりしたいわ。かまわないかしら、マロン？ 兄の話では、飾りつけはすんでないし、最低限の家具しかないけど、なんとか住める寝室が二部屋あるんですってね」

「もちろん泊まってかまわないよ」マロンが考えをめぐらしている間に、ハリスが答えた。

「お互いに知りあういいチャンスだ。きみもそのほうがいいだろう、マロン?」

「話し相手になってもらえたらうれしいわ」ほかになんと答えようがあるだろう。

ハリスが腕時計を見て誰にともなく言った。「そろそろロンドンへ戻らなければ」

フェイが即座に猛反対した。「だめよ!」

「どうして?」ハリスの顔に、兄らしい、からかうような表情が浮かぶ。

「マロンと一緒にいるために来たんでしょう? わたしが来たせいで兄さんにとんぼ返りさせては申し訳ないわ。わたしは空いている部屋を使わせてもらえるのよね、マロン? それで……」フェイの声が尻つぼみになった。

今にも泣きだしそうな彼女を見て、マロンは同情を覚えた。フェイはたぶん、アルモラ・ロッジに泊まるつもりで一泊用鞄を持ってきたのだろう。

「もちろんですとも」明るく答えながらマロンはハリスを見た。ロンドンにどうしても待てない急用があると言ってくれるのを期待して。

期待はみごとに裏切られた。「フェイにそんな思いをさせることはできない。そうだよね、マロン? ロンドンでの用事はまたにするか」

唯一使える客用の寝室――マロンの寝室――にフェイに泊まってもらうとして、寝室があとひと部屋しかないことに気づき、マロンは愕然《がくぜん》とした。

あわててハリスに目をやったが、彼に礼儀正しく見つめ返された。彼もまた〝二つのベッドを三人で分ける〟計算をしているのは明らかだ。フェイはわたしとハリスが一緒に寝ていると思ったのだろう。マロンは彼がなんとか介入してくれるのを期待していたが、そんな様子もないので、腹が立ってきた。わたしがローランド・フィリップスの愛人ではないとフェイに納得させる最善の方法は、わたしがハリスとベッドをともにしていると思わせることだと頭では理解していても、気持ちをなだめることができない。

「散歩して汗をかいたから、シャワーを浴びたいわ。もしよかったら、お二人のどちらかにスーパーマーケットまで買い物に行っていただけないかしら」

「わたしが行くわ」フェイが申し出た。

二人きりになったらハリス・クウィリアンになんと言ってやろうかと考えていたところへ、彼も町まで一緒に行くと言いだした。「買い物リストがあったらもらっていくよ」

頭に一発お見舞いしたいところだ！　マロンはリストをでっちあげ、ハリスに渡した。それを目にした彼の唇がぴくっと動いた。〝あなたなんか大嫌いよ、クウィリアン〟という最初の項目がおかしかったに違いない。マロンはまたしても暴力的な気分にかられた。

「出かけようか」ハリスは妹に声をかけ、フェイがドアのほうへ歩み寄ったすきに、マロンの頬にキスするふりをしてささやいた。「ぼくが戻ってきたとき、ここにいると約束してくれるかい？」

両腕をきつくつかまれ、彼の唇を頬に感じて、マロンは内心穏やかではいられなかった。

それでもどうにか歯を食いしばって言う。「その気にさせないほうがいいわよ！」

二人が出かけたあと、マロンはしばらく立ちつくしていた。ここを出ていこうかしら。怪物クウィリアンには当然の報いだ。ところが、そんな気持ちに反して、母とジョンのところで世話になりたくなければほかに行くところがないことを別にしても、彼女はその怪物が好きだった。

応接間を出たマロンは、二つの寝室を点検しに二階へ上がっていった。彼と寝室をともにするつもりはなかった。それだけはできない。彼女がシャワーから出たところへ彼が入ってきたあの土曜日、自分が彼に対して示した反応が思い出される。だめよ！　不可能だわ。ありえない。絶対に。彼にまたキスでもされたら……。いい加減にしなさい！　どうして彼がまたわたしにキスするの？

マロンは二つの寝室の片づけを始めた。彼の妹が傷つきやすいのはたしかだけれど、そこそこ平静に見受けられた。少なくともハリスが言ったように異常に興奮してはいなかった。もしかしたら、二人で出かけているあいだに、本当のことをハリスが話すかもしれない。マロンは単に彼の管理人で、それ以上の関係ではないと。

だけど、フェイはひどく傷ついている。ハリスは彼女の夫の愛人をかくまっているのではないと説得する最善の方法があるだろうか？　彼女を納得させる方法が……。

マロンは洗いたてのシーツで両方のベッドを整えながら、ハリスがもっともらしい説明を思いついてくれるに違いないとますます確信を強めた。だけど……。気弱な心がすぐに頭をもたげる。万一部屋を共有することになったとしても、暑いので何枚も寝具をかけたりはしないだろうから、ハリスにはキルトを床に敷いて寝てもらおう。

そんな寛大な考えは急いで打ち消した。そういう事態にはなりそうもない。二人が戻ってくるまでに、フェイに話すべきことはハリスがきちんと話しているはずだ。

彼がロンドンに戻る前にみんなで笑い話にできるかもしれないと、シャワーを浴びるころには思えるようになっていた。ドレスを着替えると、ケビンがキッチンに顔を出すころなのを思い出した。表向きはやかんに水を入れるためだが、実は紅茶を飲みに来るのだ。

自分でいれてもらおうとも思ったが、いつも喜んで手伝ってくれるし、バンに乗せてどこへでも連れていってくれる。マロンはケビンに紅茶をいれてあげようと、階段を下りていった。

ちょうど紅茶が入ったところへ、キッチンの窓の外をハリスの車が通りかかった。

「ボスのお出ましだ」ケビンが言う。「紅茶は外で飲むよ。それから競馬の結果を見てくる。何か買ってこようか？」

「今日はいいわ」マロンはほほ笑み、ケビンのために紅茶をついだ。そこへ、ハリスとフェイが買い物袋を持って入ってきた。

カップを持って出ていくケビンを見送り、マロンはハリスとフェイに視線を転じた。二人はすべてが明らかになったといってほほ笑んだりしていなかった。

「あなたは花が好きだって兄から聞いたの」黄色いばらの花束をさしだすフェイの顔にようやく笑みが浮かんだ。

「ありがとう。なんてきれいなの！」マロンは花束を受けとりながら声をあげた。そして待った。だが二人は何も言わない。「紅茶をいれたの」

「それより、鞄をとってこようかしら？」フェイが言う。

かわいそうに、今夜夫とともにアルモラ・ロッジに泊まれることをなかば期待していたんだわ。マロンはあらためて気づいた。

「彼女に話さなかったの？」フェイが出ていくのを待ってから、マロンはハリスに詰め寄った。

「話すって？」

「どうして妹さんに本当のことを話さないの？」

「フィリップスのことか？　彼女が夢中になっている夫がきみを襲い、衣服をはぎとろうとしたことをフェイに話せというのか？　きみが逃げていなければ何をしでかしていたかわからないというのに？　今妹がどんな状態か見ればわかるだろう。本当のことを知ったらどうなると思う？」

マロンの怒りはたちまち消えうせた。「彼がどんな人間か、彼女は全然気づいていないの？」

「気づいてはいるだろう。ただ近ごろ、彼に関していろいろ聞かされているから、正直なところ、これ以上は耐えられないと思う。ぼくにできることはすべてした。今度はフェイがひとりで静かに考える番だ」

「そうすると思う？」

「たぶんね。フェイもばかじゃない。ことフィリップスに関しては自分に見る目がなかったと、遠からず気づくはずだ」ハリスは真剣な表情でマロンを見つめながら言葉を継いだ。「ぼくがフィリップスのことでいくつか事実を話そうとして、フェイと敵対しかけたことがある。以来、ぼくは本能の声に耳を閉ざして、妹に同調してきた。それは……」

「それは、彼女の目からうろこが落ちたとき、あなたがそばにいて支えてあげられることを知っておいてほしいからでしょう」

「ああ、マロン、きみは実に察しがいいね。外見ばかりか内面まで美しいところが、ぼくの心に訴えるんだ」

マロンはハリスをじっと見つめた。心臓が早鐘を打っている。わたしのことを本当にそう思っているのだろうか？　膝から力が抜けそうだ。でも、たとえそう思っていたとしても、わたしに恋している気持ちとはほど遠い。彼の言葉がわたしにどんな影響を与えているか知られたくなかったら、しっかりしなければ。それも早急に！

「今夜はどこに寝るつもりだったの？」マロンはきびきびした口調で尋ねた。

ハリスはその目にユーモアの色さえ浮かべてきき返した。「まさか、車のなかで寝ろとは言わないだろうね？」

「もちろんよ。できればどぶのなかで寝てほしいくらいだわ」彼がたまらず笑いだしたところへ、フェイが戻ってきた。マロンは彼女に声をかけた。「部屋の支度はできているわ。買ってきたものをハリスが片づけているあいだに、案内するわね」

予想に反して、その晩の夕食は驚くほど楽しいものだった。緊張感がないのは三人とも努力しているからだとマロンは思った。

少なくとも彼女は努力していた。フェイの気持ちを考え、ハリスと部屋を共有しなければならない大いなる不安を顔に出さないようにする。代替案をいろいろ考えてもみた。応接間のソファ、まだ使える状態にはなっていない寝室の床に敷いたキルト、バスタブのなかにまでキルトを入れてみる。だめ、長身のハリスをそこまで苦しめたくはない。

フェイも陽気におしゃべりをし、ハリスがときどき提供する会話の流れに、努めて明るく対応している。周囲の状況を忘れて表情が曇ることがあっても、どこにいるか思い出してすぐにまた明るくふるまってみせる。

そして、ハリスもまた食事の席になくてはならない人だと、マロンは認めざるをえなかった。彼が二人の女性のもろさを知っていることを考慮に入れても、ハリスは魅力的でユーモアに富み、食事が終わるころにはマロンの心配事など頭の隅に追いやられていたほどだった。

ところが食事が終わり、お皿が食器洗い機におさめられてキッチンがきれいになると、その心配事が前面に出てきた。テレビでも見ようということになり、三人は応接間に移動した。

だがフェイはさまざまな思いで頭のなかがいっぱいのようで、とてもじっと座っていられる状態ではなさそうだ。「かまわなかったら、先に休ませてもらうわ」

「何か温かい飲み物でも持って上がったら?」マロンは言ってみた。

「いいえ、けっこうよ。わたしは明日の朝早く出かけてしまうから、その前に二人に紅茶を運んであげるわ」

明日は早起きするよう覚えておかなければとマロンが頭にたたきこんでいるあいだに、フェイはおやすみなさいを言い、二階へ上がっていった。

マロンは落ち着いてテレビを見ていられる気分ではなかった。ハリスはと見ると、彼もまたテレビではなく、マロンを見つめていた。

ふいに立ちあがったハリスはテレビを消し、それからマロンの前に立った。「ぼくと一緒にいても大丈夫だよ、マロン」彼女が内心ずっと心配していたことを公然と言ってのけた。

「どうしてもだめ？　つまり、どうしてもあなたがわたしと同じ部屋に寝る必要があるかしら？」

「ほかにいい考えがあるかい？」ハリスは逆にきき返した。実際は、彼がハーコート・ハウスへ来たときにいつも使っている彼の寝室なのだ。

「あなたのほうにないのはたしかね」

「今度の事態に関してきみは実によく協力してくれた。ぼくと同じベッドで寝なければならないのは、いかにも気の毒なお返しに思えるんだが――」

「ちょっと待って、クウィリアン！」マロンはすばやく割りこみ、立ちあがった。「同じベッドで寝るなんて誰が言った？」それを口にできるのはなんとも言えない喜びだった。

「あなたにはキルトをあげるわ。固い床板の痛みをいくらかでもやわらげてくれるわよ」

マロンはささやかな勝利を味わうこともできなかった。少なくとも顔をしかめるくらいするかと思ったのに、彼はなんと笑っている。

「薄情だな！」しかし彼女に近づいてその美しい目をのぞきこんだときにはハリスの顔から笑みは消え、真剣な表情になっていた。「ぼくと一緒でも大丈夫だよ、マロン。ぼくはフィリップスやきみの元ボーイフレンドのような気ままな男どもとは違うんだから」

マロンにもよくわかっている。「それでもあなたは床に寝るのよ！　おやすみなさい！」

鋭く言い放ち、急いで応接間を出た。

彼の寝室でもあり、今夜はマロンの寝室でもある部屋に入ると、急いでシャワーを浴び、ナイトドレスに着替えた。フェイが起きている気配がしないのを確かめてから、キルトを床にほうり投げる。さすがに良心が痛み、そばへ行ってキルトを広げ、手で感触を試してみた。床は石のように硬い。絨毯《じゅうたん》を下に敷いてみたが、大して変わりはなかった。それでも彼と同じベッドで寝るつもりはない。

気弱になりかけた心を鬼にしてキルトの上に枕《まくら》を置き、マロンはベッドに入った。暑い夜だった。シーツ一枚が今夜の唯一の覆いだ。彼女は横になったものの、午前一時になっても眠れなかった。ハリスはこのベッドで寝るつもりはないらしい。いまだに階段を上がってこない。

一時間後、ハリスは応接間のソファで眠ることにしたのだろうとマロンが思いはじめたところへ、彼がそっと入ってくる音がした。

部屋を照らす唯一の光は月明かりと枕元にある時計の蛍光塗料だけだ。マロンは目を閉じ、呼吸を乱さないよう神経を集中した。ハリスが静かに動きまわっている。暗闇《くらやみ》に目が慣れるにつれ、彼はどこにもぶつからず〝床の寝床〟を見つけたようだ。

「おやすみ」きみが起きているのはわかっていると言わんばかりだ。

マロンは返事をしなかった。だが、笑みを浮かべながら眠りについた。

寒さに目が覚め、時計を見ると、三時十分過ぎだった。マロンはハリスが寝ているあたりを見つめた。寒いのにキルトは彼が使っている。彼がもぞもぞと動いているのが気配でわかる。時間がたつにつれ、床がますます硬く感じられてきたのだろう。

十分後、ハリスはまだ動いていた。眠っていないのは明らかだ。マロンの体はすっかり冷えきっている。彼も寒いのだろうか。

こんなのばかげているわ。「枕を貸して」

万一彼が眠っているといけないので静かに言ったつもりだったが、まもなく枕が飛んできた。マロンはベッドから下り、彼の枕を足元のほうに置いてからシーツの下にもぐりこんだ。

すっかり自信を失っていた。こんなのってばかげている……彼のことは信用しているけれど。「キルトを一緒に使う気があるなら、あなたの枕はベッドの足元にあるわよ」

ハリスが動くのが聞こえたかと思うと、キルトに覆われるのを感じた。薄暗がりのなかから彼の輪郭が大きく現れ、マロンが自分の行動に疑問を感じはじめたとき、ハリスが警告を発した。「マロン・ブレイスウェイト、きみが指一本でもぼくに触れたら、屋根が崩れ落ちんばかりの大声で叫ぶから、そのつもりでいろよ！」

これにはどうすればいいの？　マロンは笑いを嚙《か》み殺したが、彼のむきだしの脚が自分の脚とじかに接触したときは笑う気分ではなかった。「シーツの上よ！」怒りをこめてささやく。

「申し訳ありません、閣下」ハリスは言ってのけ、おとなしく従った。

彼を愛するあまり、マロンは寒さを感じなくなっていた。温かくなりはじめたころ、ようやく彼女は眠りに落ちた。次に目が覚めたとき、すでに夜は明けていた。ティーカップのかちゃかちゃいう音がする。そしている。そして、シーツの下にもぐりこもうとしてハリスがもぞもぞしている。しかも本来いるべきベッドの足元ではなく、マロンの枕元で！

「出て……」そこまでしか言えなかった。ハリスが手で彼女の口を覆ったのだ。逃げようとしてマロンは激しく抵抗したが、彼女のむきだしの——むきだしの？——腿が彼のあらわな腿をこすっている。

「フェイが朝食のトレイを持ってドアの外にいるんだ！」ハリスがあわててささやいた。

彼は手を離してくれたが、マロンはなすすべもなく、いらいらするしかなかった。しかし、相手が誰であろうとベッドにいるところを目撃されるのは慣れていない。マロンはいたたまれなくなり、フェイが軽くノックをして入ってきた瞬間、寝具の下にもぐりこんだ。

頬がハリスの胸をかすめた。彼が上半身裸なのは承知していたが、下は何かしら着ていることを切に祈った。

「ウエイトレスにはなれそうもないわ」受け皿に紅茶をこぼしてしまったと笑いながら謝るフェイの声が聞こえる。

ハリスがなんと答えたかは耳に入らなかった。マロンの注意はほかのことに釘《くぎ》づけになっていた。ハリスを押しのけようと片手を彼の胸に広げていた指の先が、こともあろうに彼の右胸の先端に触れていたのだ。

「大丈夫か?」ハリスが妹に尋ねている。

フェイの返事は聞きとれない。マロンはまるで夢遊病にでもかかったように、人差し指で彼の胸の先端を探っている。

その胸の先端に唇で触れてみたいという途方もない衝動にいきなり襲われた。そんなことするものですか。フェイが部屋にいるあいだは。でも、考えてみれば彼女がいるあいだに試したほうが安全ではないの?

さらに、悪ふざけをしてみたいという考えが急にマロンを突き動かした。だって、この事態は自分が招いたものではないのだから。唇を開き、ハリスの胸の先端に繰り返しキスをしてから、口に含む。と同時に、舌先で彼の胸の先端をもてあそぶことに快感を覚え、すっかり魅了されてしまった。彼女は舌と唇を使ってじらしつづけた。

自分の行為に夢中になっていたマロンは、キルトを突然はねのけられ、驚きのあまり声をあげた。

「いったい何をしているんだ?」

ハリスの冷静な声に、それまでのいたずら心は跡形もなく消えうせた。「あの、フェイはどこ?」震えながら尋ねる。

「今ごろはロンドンへ向かっていると思うよ」

「まあ。その……ごめんなさい」マロンは彼の胸の先端を勝手にもてあそんだことを謝った。でも、ちょっと待って。自分の空間に侵入されたのはわたしのほうなのよ。「わたしはただ、あなたに……その……ほんのお返しをしようと思って」まぎれもなく節度を越えた行為だったと気づいて、マロンはしどろもどろの弁解をした。

ハリスは横向きになって彼女を見ている。「ぼくがきみに同じことをしていたら、どう思う?」

マロンの顔は紅潮し、心臓が早鐘のように打ちはじめた。

「悪かった。からかわずにはいられなかったんだ。どっちかが起きたほうがよさそうだ」

二人同時にベッドから飛びだそうとして、ぶつかってしまった。寝ているあいだにナイトドレスの裾《すそ》がまくれていたのか、彼の腿がぴったりマロンの腿に触れている。

「まあ」マロンは声をあげた。だがそれは、恐慌状態に陥ったからではなかった。

しかし、彼女の声にはそう思わせる響きがあったに違いない。ハリスが優しくマロンをなだめ、体を離した。「しーっ。心配ないよ」

「心配なんかしてないわ」彼女は正直に言った。

「きみはなんてかわいいんだ」ハリスがほほ笑みを浮かべ、さらに体を離す。それでもべッドを下りる前にマロンの鼻のてっぺんに軽くキスをした。ただ、彼女のほうも体を離そうとして動いたので、なぜか二人の唇が触れあった。

ほんの軽いキスだったが、二人はお互いの目を見つめあった。次の瞬間マロンは身を乗りだし、ハリスも同じ動きをした。そして思いがけなく彼の腕のなかにいた。

まさに彼女が切望していた場所だった。彼に腕をまわさずにはいられない。ハリスが彼女を抱き寄せると、マロンもさらに強く自分の体を押しあてた。ハリスが彼女の首筋や髪に顔をうずめる。それから唇が重なった。今度は優しく、探るように。探って、見つけて、優しく与え、優しく奪う。

こんなにもハリスを愛している。広い肩をそっと愛撫しながら、彼を愛する気持ちはまるでマロンを焼きつくしてしまいそうだった。

ハリスはふたたび彼女にキスをし、その唇を喉元に這《は》わせた。「きみはなんて魅力的なんだ」

その言葉にマロンは体に戦慄《せんりつ》が走るのを感じた。

ハリスが身を引いて彼女の顔をのぞきこむ。マロンは唇を開いてほほ笑み、キスを誘った。

誘いに乗った彼の頭が下りてきてキスの雨を降らせる。ああ、いとしい人。マロンは陶然となり、心のなかでつぶやいた。彼の手が背中から前へまわり、探るように愛撫している。

ハリスの左手が彼女の右胸のふくらみを探りあてると、マロンは喜びのため息をもらした。「ああ!」彼にキスを返し、強く抱き寄せる。

ハリスは唇を離し、繊細な指でナイトドレスの真珠のような小さなボタンをゆっくり時間をかけてはずしはじめた。

ふたたび彼女の唇をとらえ、さらに情熱的なキスをする。ハリスの手があらわになった胸を愛撫するのを感じて、マロンの心臓がどきっと音をたてた。同意のしるしに、恥ずかしそうにほほ笑んでみせる。彼が欲しかった、ただそれだけのこと。彼がナイトドレスを肩からずらして下へと脱がせても、抵抗する気はみじんもなかった。

ハリスはマロンの胸に胸を押しあて、時間が止まったのではないかと思うほど長いキスをした。「かわいいマロン」愛撫を続けながらつぶやく。

マロンも同じように愛撫を返した。固くなった彼の胸の頂のまわりに指で円を描いていくにしたがい、抑えがたいほどの欲望を呼び覚まされた。

そのときハリスの体が覆いかぶさり、彼女は新たな親密感に身を震わせ、彼のウエストへ、さらに下着へと手を這わせた。

彼が欲しくてたまらない。「ハリス」かすれた声で名前を呼ぶ。その瞬間、急に恥ずかしくなった。

「マロン？」

「わたし……その……このあとどうしていいかわからないんだけど」口にしたとたん、後悔した。

ハリスは急に動きを止め、彼女から視線をそらした。苦悩に満ちたうめき声が喉からもれる。

「わたし、何か言った……何かしたかしら？」マロンはすっかり当惑していた。

彼女から離れたハリスは腹這いになり、枕に顔をうずめた。「心配ないと言ったはずだ」

「それは……」

「マロン、黙っていてくれ。頼みがある。ベッドから出てくれ、今すぐ」歯を食いしばって言う。

「出るって……」

「すぐにだ！」ハリスはさし迫った声で繰り返した。

だがマロンは動きたくなかった。彼が欲しい。彼を愛している。彼に抱かれたい、触れてほしい。もう少しだけ抱かれていたい。

そのとき、冷たい現実が無理やり割りこんできた。ちょっと待って。ハリスはわたしを愛しているわけじゃない。愛しているふりをしたこともない。わたしのひとりよがりだったんだわ！

「お願いだ、マロン。今すぐ出ていってくれ！」

マロンは震える息を吸いこんだ。ハリスはわたしを愛していない。わたしのひとりよがりだった。彼女は足を引きずるようにしてベッドを出た。

「出たわ」かすれた声を絞りだし、逃げるように部屋を出た。

彼を信用できるのはわかっていた。だがマロンを動揺させ、ショックを与えたのは、自分自身を信用してはいけないと誰も教えてくれないことだった！

7

先ほど頭に浮かんだ言葉に動揺していたマロンは、シャワーを浴びながら平静をとり戻そうとした。〝彼のことは信用できるけれど、自分自身は信用できない〟ああ、ハリス、ハリス、あなたはわたしに何をしたの？　彼女の体はまだ彼を求めていた。彼が出ていってくれと言わなかったら……。

体を拭《ふ》いて着替えをすませると、これ以上ない不愉快な現実を直視せざるをえなかった。どうしてもここを離れたくない。でも、その時期が来たのだ。

初めてハーコート・ハウスへ来たとき、たしかにわたしは少し混乱していた。ローランド・フィリップスには女性の人生を破壊する習性があるから。でも、今はもう大丈夫。ハリスのおかげだ。彼は妹のためにできるかぎりのことをする一方で、どしゃ降りの雨のなかを歩いていた哀れな女性に仕事まで提供し、精神的な回復に協力してくれた。

ハーコート・ハウスを以前より住みやすい状態にできたのはけっこうなことだが、これ以上自分がここに残る必要はない。

マロンは深い悲しみとともに寝室を出た。もう一度ハリスと顔を合わせるのは複雑な気持ちだった。それでも、二度と会えなくなるかと思うと、会わずにはいられない。もう一度だけ。

そのとき突然、恐慌状態に陥った。ハリスの車の音を聞いたわけではないけれど、すでに彼は帰ってしまったかもしれない。階段を駆けおり、キッチンへ急いだ。よかった、外に車は止まっていた。そしてハリスもいる。朝早い時間にもかかわらず、今まさに帰ろうとしているようだ。

マロンは喉のつかえをのみこんだ。外へ出ていきたい。自分がここを出ていくことを話そう。しかし、体が言うことを聞かない。そのときハリスが振り返った。彼女の姿を認め、歩いてくる。キッチンのほうへ。

ああ、そんな！　身を隠したいと思う一方で、マロンは彼と接触したかった。いかめしい表情でキッチンに入ってきたハリスが、彼女を見るなりほほ笑んだ。「大丈夫かい？」「大丈夫よ」マロンは明るく答えた。内心は途方もなく混乱していたが、彼女の顔が急に紅潮したのは、ハリスが話を持ちだしてからだった。

「実は、その……同じベッドで寝ることで……あんな事態になるはずじゃなかったんだ……」ハリスはそこで言いよどんだ。いつもは自信に満ちているのに、適当な言葉を探すのに苦労している。「きみを傷つけてしまったかな？」

ああ、ハリス！　彼の温かい思いやりに、マロンの胸には愛情があふれた。「全然！　だけど……」

「だけど？」

「男性に対するわたしの信頼感を回復してくれたわ」正直に打ち明けるだけの借りがあると思ったのだ。

「ぼくが？」ハリスが驚きの声をあげた。

マロンは二人で分かちあった親密なひとときを話題にはしたくなかった。前もって許しを求められていたら、大急ぎで逃げだしていただろう。だがハリスは人を思いやるあまり、今朝起こったことで自分を責めている。彼の体に勝手にいたずらをしたのはわたしのほうで——彼に復讐《ふくしゅう》するためだったとはいえ——自分がそそのかした結果であることはわたし自身、充分承知している。

そこで大きく息を吸い、すなおに白状した。「今朝あなたは、男性がみんな、ジェンキンズ父子《おやこ》やキース・モーガンやローランド・フィリップスのような人ばかりじゃないって教えてくれたわ」

「ああ、マロン、それはぼくを信用してくれているという意味なのかい？」

「もちろんよ」マロンはなんのためらいもなく答え、ほほ笑んだ。けれど、そこまですなおになれても、自分に関して発見した真実については打ち明けられなかった、信じられないのは自分自身だということを。「わたしがいけなかったの。本当は朝早く起きるつもりだったんだけど」

「ぼくもだ。ティーカップが鳴る音さえしなければ、たぶん今でもぐっすり寝ていただろう。それにしても悪かったとしか言いようがない……一線を越えてしまって」

マロンは〝なんとも思っていないわ〟くらいの軽口をたたきたかったが、言葉にならなかった。代わりに、どうしても言わなければならないことを告げた。「ハリス、わたし――」言えたのはそこまでだった。彼女の思いを察したかのようにハリスが口をはさんだのだ。

「このことで何も変わらないよね？」

「変わるって？」

「管理人の仕事を辞めるなんて、夢にも考えていないよね？」

まあ！　マロンは自分が弱いのを知っていた。彼と別れることをではなく、仕事を辞めることを尋ねられているのだとわかっていながら、彼女は理性ではなく、心の声に従った。

「わたしをどんな人間だと思っているの？」気軽な口調を装ってみせる。

「それじゃ、残ってくれるんだね？」

「もちろんよ」

ハリスは安堵《あんど》の表情を見せた。「よかった」歩み寄ってキスしそうになったが、自分を抑えた。「そろそろ行ったほうがよさそうだ」温かい笑みを残して彼はきびすを返した。

マロンはキッチンの椅子に倒れこんだ。なんて情けないの。辞めると言うべきだったのに。でも彼を愛している。その事実が彼女を骨抜きにしてしまったのだ。

それからの二日間、マロンは自分でもすでに承知している事実、ハリスのことは何も恐れていないという思いとともに過ごした。四六時中彼の顔が頭から離れない。朝起きて真っ先に彼を思い、夜寝るときに彼を思う。

彼女は母に電話して、長いおしゃべりを楽しんだ。そこにはハリスも登場した。職人たちとおしゃべりするときも、ケビンの車でシャーウィンの店に出かけるときも、ハリスのことを考えている。

こんなことではだめ。何度自分に言い聞かせたか知れない。仕事のことを考えなければ。ここを去ったあとどうするかを。

だが何も考えられないのが問題だった。残りの人生をハリスのそばで過ごしたいという望み以外、何をしたいか見当もつかない。

次の週末に彼が来るかどうか思いをめぐらし、冷静でいながら友好的にふるまう練習をする。ハリスにキスされるような事態になってはいけない。きっととり乱してしまうだろう。火曜日に来たとき、彼がキスしそうなそぶりを見せたわけではないけれど。

土曜の朝ベッドから出たときは、きのうのようにハリスの車の音が聞こえないかと耳を澄ますのはやめようと決心した。

にもかかわらず、十時ごろになると無意識のうちに耳をそばだてている自分に気づき、マロンは散歩に出かけた。だが、十一時には帰ってきた。自分が留守にしていたあいだにハリスが到着したかもしれない。

彼は来ていなかった。結局その日は現れず、マロンは自分を戒めながらベッドに入った。

日曜日。シャワーを浴びて着替えたマロンは、ハリス・クウィリアンのことはいっさい頭から締めだして一日をスタートした。今週は来られないという電話すらかけられない男性のことを考えて落ちこんでいるより、ほかにするべきことがある。

それは不当な考えだと気づいた。ただの雇われの身のわたしに、彼が週末の予定をわざわざ知らせる義務はない。マロンはドアに鍵《かぎ》をかけ、散歩に出た。

今日は急いで帰るようなことは絶対にしないと心に決め、道をたどるのをやめて野原を歩く。

二時間後、ハーコート・ハウスをめざしてゆっくり帰途についた。外に出たのは正解だった。抱えきれないほど集めた野の花や草が、応接間を明るく飾ってくれるだろう。

ハリスのことは一度も考えなかったという自信があった、ここ十分ほどは。長い廊下の先にあるキッチンで花瓶に花を生けようと、彼女は玄関ドアを開けた。人の声がする。男性と女性の声が。開け放たれた応接間から聞こえてくるようだ。

足がその場に釘《くぎ》づけになった。とっさに笑みがこぼれそうになる。ハリスの声だ。だが笑みはすぐに消えた。もしもハリスが妹を連れてきていて今夜泊まるつもりなら――彼がどんな言い訳をしようとも、絶対に――マロン・ブレイスウェイトが彼と部屋を共有することはありえない！

無関心を装おうとしながらも、マロンは急に恥ずかしくなり、挨拶《あいさつ》しておこうと廊下を歩いていった。そこへハリスが応接間から出てきた。

頬を染めたところをハリスに見られてしまったとマロンは気づいた。

「マロン」彼が静かにつぶやいた。

「今日来るとは思っていなかったわ」

「都合が悪かったかな？」

「全然！　フェイも一緒なの？」

ハリスは首を横に振った。次の言葉にマロンの世界は音をたてて崩れた。「ビビアン・ホームズを連れてきたんだ。紹介するよ」

ビビアン・ホームズですって！　自分がどうやってショックを隠したのかわからなかった。彼に女友達がいるのは言うまでもない。けれど、ここまで連れてくるとは夢にも思わなかったのだ。マロンはなんとか笑みを浮かべ、応接間に向かった。

予想どおり、ハリスの女友達は優雅で、非の打ちどころがない装いをしていた。三十歳くらいの黒っぽい髪をした、洗練された美人といったタイプだ。野の花を腕いっぱいに抱えて立っている自分とは比べものにならない！

ハリスはそつなく紹介を終え、愛想よくつけ加えた。「マロンのおかげでここも少しは家庭らしくなったんだよ」

大して家具もない部屋を見まわして、マロンはハリスを殴りたい気分になった。

「お花を水に入れてくるわ」ビビアン・ホームズは髪の毛一本乱れていないのに対し、マロンは花や草を摘むために石塀をよじのぼったりしていたのだ。一刻も早くこの場を逃げだしたかった。「コーヒーでもいかが？」

「ああ、いいね。ビビアンに家のなかを案内してくるよ」

マロンは一目散にキッチンへ逃げこんだ。

無意識のうちに大きな花瓶をとりだし、水を満たす一方、嫉妬《しっと》の矢が容赦なく彼女の体を突き刺す。ハリスはどうしてあの女性をここへ連れてきたの？　しかも、家のなかを案内している。どうしてそんな仕打ちができるの？

公明正大でありたいと願うマロンの心は、事態をなんとか理解しようとしていた。ハリスには誰でも連れてくる権利がある。ここは彼の所有地なのだから。わたしとはなんの関係もない。

関係ないかもしれないけれど、彼が昼食の支度をしろと口笛を吹いたところで、絶対に用意なんかするものですか！　わたしは管理人で、コックではないのだから。ビビアン・ホームズに家を自慢しようと連れてくるほど魅了されているのなら、彼女に昼食を用意してもらえばいいのよ、ついでに夕食も。

マロンは震えるため息をもらした。ビビアン・ホームズはきっとすばらしいコックに違いない。〝何事も〟完璧《かんぺき》にやってのけるタイプに見える。マロンはよけいな考えをいっさい消し去った、というよりそうしたつもりだった。そのとき、恐ろしい考えに襲われた。昼食や夕食をここでとるなら、二人が今夜ここに泊まるのを誰が止められるだろうか？

いいえ、それだけは我慢できないわ！　ハリスが彼の〝賓客〟のためにマロンが自室を明け渡すことを期待していないのはたしかだ。考えるまでもなく、使用可能な寝室が二部屋、ベッドが二つしかないハーコート・ハウスは三人には狭すぎる。もしビビアン・ホームズが泊まるなら、マロン・ブレイスウエイトは出ていくまでのこと。

マロンがコーヒーをいれていると、頭上で歩きまわる二人の足音が聞こえた。何をしているのかしら。二階に上がってからずいぶん時間がたっている。

やがて、ハリスとその連れがキッチンに入ってきた。マロンは三人分のコーヒーをいれた。テーブルを囲んでコーヒーを飲みながら、ハリスがキッチンについてビビアンの意見を求めた。

「大部分はフェイのアイデアなんだ」

マロンはどうにか平静を装うことができた。ビビアンがすでにフェイに会ったのは明らかだ。ということは、ビビアンがハリスの〝意中の女性〟になってから時間がたっているという意味かしら？　そうに違いない。おそらく、ハリスがハーコート・ハウスへ来ない週末、一緒に過ごしている相手はビビアンなのだろう。フェイにしてみれば、マロン・ブレイスウェイトなる女性が兄の愛人だという印象を受けたのはたしかで、それならビビアンとの面識は浅く、二人の関係がどの程度真剣なものか、知らない可能性がある。でも……。

「あなたはどう思う、マロン？」

ビビアンのほうを見たマロンは、キッチンに関する意見を求められているのに気づいた。「フェイはすばらしい仕事をしたと思います」マロンは答えた。ビビアンがすぐにでも引っ越してきて、ここを乗っとりそうに見えるものの、一、二箇所の備品を交換したほうがよさそうだと指摘している点は理にかなっている、と認めざるをえない。

違う状況で出会っていれば、マロンは彼女が好きになっていたかもしれない。だからといって、もし彼女がここに泊まるなら、マロンが残るという意味ではない。礼儀正しさからという意味もあったが、大部分は二人がいつまで滞在するつもりでいるのか知る必要から、マロンは尋ねた。「昼食はこちらで？」

温かく思慮深い灰色の目が見つめ返してくる。

だが、マロンがどきっとしていることなどおかまいなしに、ハリスは急いでビビアンに視線を移した。ありえないことだが、一瞬、ハリスはビビアン・ホームズがそこにいるのを忘れていたのではないかという印象を受けた。

それがいかに愚かな考えだったかを証明するかのように、ハリスがビビアンにほほ笑みかけてから答えた。「やめておこう。そろそろ帰ろうか。もう充分見ただろう、ビビアン？」

彼の言葉がすべてを物語っているとマロンは思った。後日、工事が完了したら、ビビアンがハリスと一緒に引っ越してきて、ハーコート・ハウスをわが家にするのだろう。

その後の五分間をマロンはかろうじてしのいだ。二人が帰ってくれるのはうれしかった。あまりにうれしかったので、ビビアンに別れを告げながらほほ笑み、〝今すぐベッドから出てくれ〟と言ったハリス・クウィリアンにさよならを言ったときは、にこやかに笑っていた。〝お願いだ、マロン。今すぐ出ていってくれ〟とうながしたのは、〝紳士らしく〟マロン・ブレイスウェイトのことを考えてのことではなかった。彼の意中の人、ビビアン・ホームズのことを思い描いていたのだ！

「またいつか会いましょう」ビビアンの後ろからキッチンを出ていくハリスを見送りながら、マロンは笑顔で声をかけた。〝紳士らしい〟が聞いてあきれるわ！

マロンは傷ついていた。それでも、車へ向かう二人の姿をキッチンの窓からもう一度眺めずにはいられない。彼女は急いで窓に背を向けた。

遠ざかるエンジン音を聞こうと耳を澄ます。その音を聞いて初めて気をゆるめることができるだろう。

しかし、早くあの音が聞きたいと思っても――二人に早く帰ってほしいと思っても――エンジン音は聞こえてこない。聞こえてきたのは足音だった。マロンはその場に凍りついた。二人が戻ってくる！

もうこれ以上ほほ笑んだりできない。ぞっとする思いでマロンはキッチンのドアを振り返った。戻ってきたのは二人ではなかった。ビビアンは車のなかで待っているのだろう。長身で姿勢のいい、そして、いとしいハリスがひとりで入ってきた。

彼は歩み寄り、数メートル手前で立ち止まった。沈黙のうちに二人が見つめあう。視線はからみあったまま離れない。二人のあいだには緊張した空気がみなぎっている。緊張を破ろうとマロンは必死になって言葉を探したが、喉がからからでかすれた声しか出なかった。

「何か……忘れ物？」

灰色の目が濃いブルーの目をのぞきこむ。「きみは……なんだか……いつもの元気がないようだったけど」ハリスが静かに言った。

いつもは頭のいいこの男性に、彼女がなぜ〝元気がないか〟言いあてられないなら、マロンは考えを改めなければならない。

　彼女はどうにかほほ笑んだ。「えっ、わたしのこと？　泥んこ遊びでもしていたような格好で帰ってきて、優雅そのものの女性と握手するはめになったら、どんな気がすると思う？」

　彼の顔にゆったりとした笑みが浮かぶ。「きみを困らせたのか？　ビビアンは……」

ビビアンのことなど聞きたくない。「女の気持ちの問題よ」マロンは笑ってみせた。

ハリスはまたもや真剣な顔で見つめている。「それだけ？　ほかのことを心配しているんじゃないのかい？」

「全然」

「よく眠れてる？　きみが眠れないようなことはないといいんだが。この前ぼくが冷静さを失ったせいで悪い夢を見ているとか……」

「とんでもない！　わたしはそこまで温室育ちじゃないわ。もう行ったほうがいいんじゃないの？」

　突然彼が一歩近づいて手をとったのも、マロンには耐えられなかった。これでは不公平だ。彼に触れられてわたしはとろけそうになっているのに、それでいて彼に触れてほしいあまり、彼の手から自分の手を引き抜かなければならないのに、それができずにいる。

「本当に大丈夫かい、何もかも？」

ええ、申し分ないわ。あなたはここでわたしの手を握っていて、あなたの上品なガールフレンドは車のなかで待っている。これ以上大丈夫なことってあるかしら。「本当よ」マロンは彼に握られた手を引っこめ、一歩離れた。

「何かあったら言ってくれるね？」

マロンはかすかに笑った。「ハリス、あなたはわたしのトラウマの救済者になろうとしているのね。でも、一定の状況のもとでは、ある種の生物学的衝動は抑制する必要があることくらい、わたしだってわかるようになったわ」

ハリスの顔から笑みが消えた。彼女の言葉が気に入らなかったのは明らかだ。「その方面でぼくの自制心が足りなかったのを許してもらえた、と理解してもいいのかな？」

「そんなに大げさな問題じゃないわよ、ハリス。本当に」外で彼のガールフレンドが待っているのも忘れて、マロンは衝動的に歩み寄り、伸びあがって彼にキスをした。

それが間違いだった。二人の唇が重なった瞬間、気がついた。電気のようなものがマロンの体を流れる。だが、彼女が身を引こうとすると腕を強くつかまれ、またしても温かい灰色の瞳をまっすぐ見つめる結果になってしまった。

「ほ、ほら！」息も絶え絶えにつぶやく。「完全に許してあげるわ」

ハリスは彼女の腕をつかんだまま放さずにいたが、やがてぶっきらぼうに言い捨てた。

「帰ったほうがよさそうだ」

続く二十四時間というもの、マロンはハリスの来訪を何度も思い返した。記憶は楽しくもつらいものだった。わたしの家に別の女性を連れてくる彼はなんて無神経なのかしら。そんな考えが理不尽なことはわかっている。どうして合理的な考え方をしなくてはいけないの？　ああ、あんな卑劣な男性でも、わたしは彼を愛している。

だけど、ハリスはわたしが彼を愛していることは知らない。絶対に知ることはないわ！　彼が思いやりのある男性なのはわかっている。彼に同情されるくらいなら死んだほうがましだ。それだけは耐えられない。

ビビアンを車に残して彼が戻ってきたのを思い出し、マロンのプライドは救われた。努力したにもかかわらず、いつもほど元気がないのをハリスに気づかれてしまったことを考えると、絶望的なため息がもれる。彼は戻ってくる必要などなかったのだ。

戻ってきたのはハリスがわたしを気にかけているという意味だろうか、たとえほんの少しでも？　もう、いい加減にしなさい！　彼が気にかけてくれているように見えた？　ビビアン・ホームズを忘れたの？　〝家のなかを案内してくるよ〟のビビアン。キッチンの手直しを提案するビビアン。〝もう充分見ただろう、ビビアン？〟のビビアン。

ビビアンのほうはいざ知らず、マロンはもう充分見てしまった。今度の週末にでも、ビビアンはスーツケースとともに越してくる計画を立てているかもしれない。それに思いいたり、マロンの全身に冷や汗が出た。

火曜日の朝目が覚めたとき、考えるまでもなくこれで最後だとマロンにはわかった。ハリスの部屋と境をなす壁を見つめる。土曜日にハリスがビビアンを連れてきて彼の部屋に泊まると考えただけで、とても耐えられない。

ビビアンがスーツケースとともに越してくる前に、マロン・ブレイスウェイトがスーツケースとともにここを離れるしかない。

ボブ・ミラーが到着する前に、彼女はシーツやタオルを洗濯機に入れ、駅に電話をかけて時刻表を調べた。十二時十四分発の列車で、母が住む町の駅に着く電車があった。

母に電話するにはまだ早すぎる。でも、荷造りは早めにしておいてもかまわない。荷物をまとめながら、よけいなことはなるべく考えないようにした。だが、ハリスといっさいのつながりを断ち、二度と彼に会うことはないだろうという思いが彼女を苦しめた。八時半に母の電話番号を押したときには、かつてないほど憂鬱《ゆううつ》な気分になっていた。

「あら、ダーリン」母の声があまりに温かく感じられ、マロンは今にも泣きそうになった。

「家に帰ってもいいかしら？」声を詰まらせながらきく。

「泣いているの？」イブリンが驚きの声をあげた。

「行ってもいい？」

「もちろんよ。きくまでもないでしょう。だけど、どうやって来るの？　ジョンと一緒に迎えに行きましょうか？」

「いいの。十二時十四分発の列車に乗るわ。それから、泣いてなんかいないわよ」

電話を切ったマロンは、町まで行く用事ができたのでバンに乗せてほしいとケビンに頼みに行った。彼は二つ返事でオーケーしてくれた。

十時半にはスーツケースをキッチンへ運び、すべてがきちんとしているのを確かめてから、ボブ・ミラーを捜しに行く。

彼はちょうど数キロ離れたほかの現場へ出かけるところだった。マロンはハーコート・ハウスを去ることになったと明るく伝えた。鍵をあずけようと思ったが、ケビンにあずけることにした。

「あんたがいなくなるってことは、つまり、自分で朝の紅茶をいれろってことですね?」

「あなたなら大丈夫よ」マロンは家に戻った。

管理人を辞めることをどうやってハリスに報告したものか、決めかねていた。彼に電話したかったが、留守かもしれないし、会議中で出られないかもしれない。ハリスはとても親切にしてくれた。仕事をくれたし、住むところも提供してくれた。直接話をするのが最低限の礼儀というものだろう。でも辞める理由をどう説明したらいいか、見当もつかない。真実を言えないのだけはたしかだ。

彼に電話をかけたい口実を探しているだけだわ。結局マロンは便箋《びんせん》をとりだした。彼の声が聞きたくてたまらない。なんて情けないの！　強くならなければ。しかも今この瞬間から。

ハリスの厚意に感謝を表し、次の仕事に移る時期が来たと記した。二度と会うことはないので、この決心に関して質問されることもないだろう。そう思いながら封をする。そこへケビンが現れた。

「これをバンに運んだほうがいいのかな?」ドアのわきにあったスーツケースを見て言う。

「ひとつは自分で運ぶわ」ちょうどそのとき、電話が鳴った。

「両方とも運んでしまうよ。電話が終わるまで、車で待っているから」

ケビンの姿が消えても、電話に出たものかどうかマロンは決心がつきかねた。おそらく母からだろうという確信があった。それならなぜこんなに震えているの? 「もしもし」

「太陽の明るい北部メイシーでの生活はどんなふうだい?」温かくユーモアあふれるハリスの声に、マロンは座りこんでしまった。

「快適よ。実は……」言葉にならない。

「実は? 何かあったのか?」いつもながら勘の鋭いハリスの声の調子が変わった。

「べ、別に。屋根はまだあるわ」

「何があったんだ?」

言うまで、彼はあきらめないだろう。「わたし、辞めるの」マロンは唐突にきりだした。

「辞めるって……」ハリスは彼なりに理由を探ってみた。「フィリップスがまた来たのか？　今週は家で仕事をしているはずだ」

「彼は来てないわ」

「それならなぜ？」

「わたし……ただ、そろそろ出ていく時期だと思ったまでのことよ」ああ、彼を愛している。とどまるよう懇願してほしい。

「気が動転しているのか？　ぼくが何か動揺させるようなことをしたのかい？」

「あなたのせいじゃないの」どうして彼に嘘《うそ》がつけよう。どうして嘘をつかないでいられよう。「それに……それに動揺なんかしてないわ」

「しているじゃないか！」

「ただ……出ていきたいの」

短い沈黙があった。「この件に関しては週末に話しあおう。金曜日にはそっちへ行くつもりだ――」

「出ていくわ、今すぐ」さえぎったマロンは、激しく非難された。

「だめだ！」どなり声が耳をつんざいた。

つまりわたしは優秀な管理人だったわけね！　目に涙がこみあげる。マロンは静かに受話器を戻した。ふたたび電話が鳴りだしたが、無視してキッチンへ行き、手紙を破いた。もう必要ない。

職人たちが出入りできる程度に戸締まりをし、バンへ急ぐ。そしてケビンに鍵束をあずけた。

「戻ってくるのかい？」ケビンが尋ねた。

「もしかしたらね」今までにない大きな嘘をつく。ハーコート・ハウスへは二度と戻ってこない。永久にお別れだわ。そう思うと心が痛んだ。

駅に母とジョンが迎えに来ていた。母は心配そうな様子だったが、母が新たに見つけた幸せを傷つけたくなかったので、マロンは母を抱きしめ、ジョンにキスをした。「会えてうれしいわ。あまり長居はしないけど」

「好きなだけいればいい。歓迎するよ。今やここがきみの戻ってくる場所なんだから」ジョンが言う。

家に着くと、ジョンがスーツケースのひとつをイブリンが娘のために用意した部屋へ運び、もうひとつはマロンが持った。

「ゆっくりしていってくれ」ジョンは満足げな笑顔で階下へ下りていったが、イブリンは部屋にとどまった。

「何があったの、マロン？」明るくふるまってはいても娘が内心悩んでいることは見抜いていた。

マロンは母に目をやった。ジョンと結婚してから自信が芽生えた母は、もはや娘に守ってもらう必要などなさそうだ。「わたし……」質問を回避しようとしたが、嘘をつくのは無理だった。「彼に恋してしまったの」

「ハリス・クウィリアンのこと？」

マロンはうなずいた。

「それで、彼のほうは？」

「彼には恋人がいるの。だから屋敷を出るのが賢明だと思って」

「まあ、かわいそうに」

母は歩み寄り、娘を抱きしめた。

その日の夕刻、夕食の支度を手伝っているとき、母が口をすべらせた。「本当はもう少し早く食事をする予定だったの。というのも……」

「というのも？」母の後ろめたそうな表情を見てマロンはほほ笑んだ。やがて母から聞きだした話では、その夜、母はジョンと観劇に行く予定になっていたのだが、とりやめることにしたという。

「どうせ大して面白くないんじゃないかという結論に達したのよ」イブリンが締めくくった。

「それがチケットを予約した理由なの？」マロンはからかった。二人が行かないことにしたのは娘が帰ってきたからだと百も承知している。「行かないなんて言わせないわ」

「だけど……あなたが動揺しているんですもの」

「さっきまではね。でももう大丈夫」

お母さんとジョンが家に残ったりしたらよけい動揺するからと母を説得するのは容易ではなかったが、結局母は折れ、早めの食事をとった。

二人が出かけてしまうと家のなかは静かになり、マロンは静寂を喜ぶべきだと思った。けれど、あちこちでにぎやかな音がするのに慣れてしまった家に帰りたくてたまらない。正直なところ、帰りたいのは職人たちの騒音が懐かしいからではない。ハーコート・ハウスだから帰りたいのだ。

今にもハリスから電話があるかもしれないハーコート・ハウスへ。今にもハリスが車を乗りつけ、室内に入ってくるかもしれないハーコート・ハウスへ。出てこなければよかったとなかば後悔したが、残された選択肢がなんであるかも承知していた。ハーコート・ハウスにとどまって彼とビビアン・ホームズの関係を目の当たりにし、それに耐えて一緒に住むことはできない。

やはり出てきて正解だった。ハリスを自分の人生から切り離し、彼と決別したのだ。郵便物の転送先も知らせずに。マロンが母の新居に身を寄せたと考えつくかもしれないが、母がどこに住んでいるか彼は知らないし、母の結婚後の名字も知らない。マロンは唇を噛《か》みしめた。ハリスが自分を捜しに来る可能性があるとでも思っているの？

八時半にはキッチンは完璧にきれいになっていた。マロンは応接間の座り心地のいい椅子のほうへ行ったが、座ったとたん立ちあがってしまった。どうしても落ち着けない。二階へ本をとりに行き、下りてきて一段落だけ目を通す。いつのまにか、ハリスが行かないでくれと言ったときの様子を頭に思い描いていた。彼の言葉を思い出すと、心がくじけそうになる。〝週末に話しあおう。金曜日にはそっちへ行くつもりだ〟たしかにハーコート・ハウスを訪れるつもりかもしれないが、ひとりではないことを、意地悪くも知性のひらめきが教えてくれた。

だからこそハーコート・ハウスを離れたのだ。彼がビビアン・ホームズと一緒にいるところを見るのは耐えられないから。単なる嫉妬でないことはマロンにもわかっている。それ以上のもの、すなわち、自己防衛の問題なのだ。彼がビビアンと幸せになれるなら、幸運を祈るしかない。ただ、そばにいて目の当たりにするのはいやだ。

明日の朝いちばんに職業安定所に問いあわせてみよう。それから新聞を買ってどんな求人広告が出ているか調べよう……。

玄関のベルが鳴った。誰かが訪ねてくるとは聞いていない。マロンは応接間を出て廊下伝いに歩いていき、玄関の重い扉を開けた。そしてまたとないショックを受けた！

顔が真紅に染まり、次いで青ざめていった。訪問客は母を訪ねてきたのでも、ジョンを訪ねてきたのでもなかった。長身の体をスーツに包み、愛想がいいとは言えない灰色の目をした男性がそこに立っていた。マロンがどこへ身を隠したかまったく見当もつかないはずだと先ほどまで思っていた男性が。

「ど、どうして……ここがわかったの？」

ハリス・クウィリアンは断固としたまなざしで彼女を見下ろしている。「苦労させられたよ」食いしばった歯のあいだから声がもれた。「二人だけで話がしたい。ぼくの車のなかで」

8

マロンは呆然《ぼうぜん》と見つめるばかりだった。ハリスは一歩後ろに下がり、彼女が車まで一緒に来るのを待っている。

「わ、わたしに話があるの？」ようやく頭が働きはじめ、次から次へとさまざまな考えが頭のなかを駆けめぐった。どうやって捜しあてたのだろう。母の新しい住所を知っているはずはない。わざわざ捜したりしたのはなぜ？　それに……今さら何を話しあうことがあるのだろう？

「ああ、話がある。二人きりで」

二人きりで？　母や義父がいないところで？　無断でハーコート・ハウスを出てきたことに文句をつけたいのだろうか？　そんなはずないわよね。

「わたし……」わたしを叱責《しっせき》しようとしているのなら言いたいことがある、とマロンは口を開きかけたが、彼にはまだ帰ってほしくなかった、今はまだ。どのみち、じきに彼女の人生から永遠に去っていくのだから。「その……どうぞなかへ入って」

「二人きりでと言ったはずだ」

「母とジョンは留守よ。二人きりで話せるわ」

マロンは先に立って応接間へ案内した。思いがけなくもハリスと顔を合わせたせいで、胸が激しく鼓動している。

応接間のまんなかで、なぜ会いに来たのか詰問するつもりで彼のほうに向き直った。しかし、相変わらず険しい敵意に満ちた顔を見ても、マロンにとってはこのうえなくいとしい人だった。

「お食事は？」ビジネススーツを着ているところを見ると、オフィスから直行したのだろう。

「誰が食事したいと言った？」ハリスは彼女の申し出をはねつけた。「なぜ辞めたんだ？」

彼は説明を求めている。でも説明のしようがない。マロンは頭をフル回転させた。「ずっといないことはわかっていたでしょう。あの仕事は一時的なものだったはずよ」

彼女の瞳を見つめていたハリスの険しい表情が、突然やわらいだ。「話しあえないかと思って……きみと二人で」

ああ、ハリス、お願いだからそんなこと言わないで！　わたしは断固たる態度で臨まなければならないのに、彼がそれを困難にしている。「ええ、いいわ。あなたとはいろんなことを話しあったわね。ほかの誰にも言わなかったこともあなたには打ち明けた。だけど

「……」あとが続かない。すでにあまりにも多くのことを語ってしまった気がする。

「ぼくを信用してくれたのに、相談もなしに逃げだしたのはなぜなんだ？　ぼくがあのとき偶然電話しなければ、きみは話してくれるつもりはなかったんだろう！」

「座って。何か飲み物でも持ってくるわ」

「マロン、ぼくといるときにそんなに神経質にならないでくれ。ぼくがきみを傷つけたりしないのはわかっているはずじゃないか」

それが本当ならどんなにいいか。マロンは傷ついていた。クッションのきいた椅子のひとつに腰を下ろすと、ハリスも隣の椅子に座った。彼が近くにいすぎてどうにも落ち着かない。

「あなた宛《あて》に手紙を書いたんだけど」

「そんなものは見なかった」

「わたし……その……あなたから電話をもらったあと……。辞めるとあなたに話してしまったから、手紙を残す意味がないと思って破いたの。あなた、ハーコート・ハウスに寄ってきたの？」

「もちろんさ！　向かっている途中で、ボブ・ミラーから携帯電話に連絡があって、きみが出ていったと聞かされた。それで――」

「ちょっと待って。わたしが出てきたとき、ボブ・ミラーはいなかったわ」

「知っているよ」

マロンは別のことに気づいて口を大きく開けそうになった。「あなた……まさか……オフィスを出て北部メイシーに向かったのは、もしかして……」そんなはずはない！　彼を愛するあまり頭がおかしくなったに違いない。「ごめんなさい。ばかな質問だったわ」彼は何百万ポンドという取り引きに従事している人よ。わたしが辞めると言ったからといって、仕事を放棄したりするはずがないわ。

「そうなんだ。改めてボブ・ミラーの携帯に電話してすぐに仕事はほうりだした」

「あ、あなたが……」マロンは言葉を失った。自分は有能な管理人だったかもしれない。優秀だったと言ってもいい。でもハリスが仕事を放棄してまでわたしに会いに駆けつけ、考え直してほしいと言うほど優秀だっただろうか？　いいえ。わたしはただの管理人で、ウォーレン・アンド・テイバー金融会社の役員ではないのだから。「あなた……ボブ・ミラーに電話したと言ったわね」

「携帯にかけたんだ。ハーコート・ハウスではなく、彼は二十キロばかり離れた別の仕事場にいた。きみが彼に鍵《かぎ》をあずけたいという話をしたと教えてくれた。それが意味することが気に入らなかった。で、すぐにハーコート・ハウスへ戻ってきみを止めてほしいと彼に頼んだ」

「わたしが辞めないように？」

「ボブが戻ったときには、すでにきみは出ていったあとだったらしい」

マロンは内心ますます混乱し、平静をとり戻そうと努める一方、ハリスは優しく思いやりのある雇主なので、従業員の誰に対しても同じように行動したに違いないと自分に言い聞かせた。それに対して理性は抵抗していた。わたしったら、本当にそんなことを信じているの？　信じないとしたら……ハリスのように重要な地位にあるビジネスマンが、何もかも放棄してわたしを引き止めるために会いに来たということが意味するのは……彼が少しはわたしを愛しているということにならないかしら？

それを割り引いて考えたとしても、マロンにはショックだった。「あなたは……その……それでもハーコート・ハウスへ行こうと決心したの？」

「それしか頭に浮かばなかった。きみがどこへ向かったか、皆目見当もつかなかったから。ウォーリックシャーのどこかということ以外、住所も知らなかった。お母さんの新居に向かっているのなら別だが。どこか行き先がわかるような手がかりが部屋に残されていないかと思ったんだ」

「わたしの部屋を調べたの？」

「隅々まで調べたよ」

「何もなかった？」

「まったく何も！」

まあ。どうやらわたしを捜すのに必死だったみたい。「でも見つけたのね。だけど、どうやってここがわかったの?」

到着して以来初めて、ハリスはいくらかリラックスしたようだ。かすかに笑みが浮かんだ。「さっきも言ったようにかなり大変だったけど、少しばかりプライドを捨てたんだ。知りたい情報が手に入るなら、それだけの代償を払う価値はあった」

マロンの心は理性が発信する警告を断固として無視しようとした。「知りたい情報って、わたしを愛しているということを意味しているのかしら。ハリスが少しはわたしの住所?」ほとんど声にならない声で尋ねる。

「きみの住所だよ。応接間にいて、日曜日にきみが摘んで生けた野の花がまだ新鮮なのを眺めながら、きみを捜しだすことはできないかもしれないと絶望しないよう自分に言い聞かせた」

ハリスが二度とマロンを捜しだすことはできないかもしれないと絶望していたことと、日曜日に来訪したことに同時に言及していなければ、マロンは心臓が飛びだしていたかもしれない。しかし、ガールフレンドのビビアン・ホームズを一緒に連れてきた日曜日を喚起させせられたせいで、マロンは愚かな考えをかき消すことができた。

「わたし……その……やっぱりなんらかの手がかりを残してきたようね」マロンは堅苦しい言い方をした。

彼女の態度の変化にハリスが顔をしかめた。「ぼくは、きみが話してくれたことのなかになんらかの手がかりはないかと必死に考えた。きみが以前住んでいた家がウォーリックシャーにあることぐらいしか知らない。そこで、いちばん最初に戻って考えてみた。きみはぼくの義理の弟から逃げだしたからぼくと出会った。それで思い出したんだ。仕事に応募するとき、フィリップスに手紙を出したときみが話していたのを。あの男がきみの昔の住所を知っていると気づいて、すぐさま会いに行った」

「まあ、ハリス！」少しばかりプライドを捨ててと彼が言った意味に気づいた。ローランド・フィリップスに頼みごとをするなんて、どんなに不本意だっただろう。「あなた、よほどわたしの住所が知りたかったのね」

ハリスは笑みひとつ浮かべず、長いことマロンを見つめていた。「そうだ」

喉がからからになってきた。「彼は……大騒ぎせずに教えてくれた？」

今度は笑みが浮かんだ。「大騒ぎしなかったとは言えないな。最初は、きみから手紙が来たとしても、どこにあるかわからないと言った。きみが彼の書斎でファイリングした話をしたら――」

「彼の書斎を片づけたことを覚えていたの？」

「手がかりを探そうと、きみが話してくれたことをすべて思い出そうとしたって言わなかったかい？　ファイルを探させてくれなかったら、ぼくの会社から彼の雇主に連絡して職を失うかもしれないといったたぐいのことをほのめかしたら、書斎に入れてくれたよ」

「で、ファイルを見つけたのね？」

ハリスはうなずいた。「それからきみの以前の住所を訪ねて、今の間借り人が帰ってくるまで数時間待たされた。お母さんの転居先がわからないかと思って。そのあとは比較的簡単だった」

マロンはまじまじとハリスを見つめた。耳鳴りがしてくる。これ以上否定できないわよね、ハリスが少しはわたしを愛してくれていることを？

「あなたは……そこまでしてくれたの？」

ハリスはまっすぐに彼女の目をとらえた。「ぼくにとってきみは大事な人だ、マロン」

感情の嵐《あらし》に襲われ、マロンは座っていられなくなった。突然立ちあがり、表情を見られないよう彼に背を向けたまま、何歩か距離をあける。

彼が動きまわっているのが感じられる。ハリスが背後に立ち、彼女の肩越しになだめた。

「警戒しないでくれ。一週間前、同じベッドで寝たとき激しく言い寄りすぎたのはわかっている。それできみが怖くなって逃げだしたのなら……」

振り向いたマロンは、彼があまりに心配そうなのを見て同情を覚えた。プライドをこなごなにされるのがわたしのほうなら、それでもかまわない。今でも信じがたいことだが、ハリスがハーコート・ハウスに駆けつけ、さらにプライドを捨てて大嫌いな義弟に頼みごとをしてまでわたしを捜しに来てくれたのなら、どうしてハリス自身が問題を起こした張本人だと彼に思わせることができよう？

「まあ、ハリス。あの朝のことをよく覚えていないのね」

「ぼくはきみを死ぬほど怖がらせたんじゃなかったんだね？」

マロンは首を横に振り、笑《え》みを浮かべることも忘れなかった。「わたしは……なんて言うか……ベッドでの営みに長《た》けていないし、たぶんその方面に関して学ぶ余地があるのは認めるわ。でもわたしが覚えているかぎりでは、出ていけと言ったのはあなたのほうよ」

「それじゃ、あの朝の出来事がきみを心配させたり、ぼくといるのを不安にさせたりしたわけじゃないんだね？」

「あなたが信用できるのはわかっていたわ。ただひとつ、わたしを悩ませてきたことがあるの。わたし気づいたのよ」マロンはためらった。でも彼を愛すればこそ、言わないわけにはいかない。「信用できないのは……わたし自身だって」

ハリスはしばし彼女を見つめていた。「いとしい人、ぼくがベッドから追いだしていなければ、きみは喜んで……」

「自分を抑えられなかったと思うわ」

「ああ、なんていとしいんだ」ハリスはつぶやき、両腕をさしのべた。

マロンは胸を高鳴らせ、彼の腕のなかへ飛びこんでいった。彼に抱かれるのは無上の喜びだった。

「それで逃げだしたのか？　ぼくと二人きりで同じ屋根の下にいる自分が信用できなかったから」

やっぱり彼はわたしを愛しているんだわ！　そうに違いない、そうでしょう？　彼のすべてが、彼のまなざしや、わたしの知っている彼のすべてがそれを物語っている。でなければ、今こうしてわたしを抱いているはずがないもの。にもかかわらず、ハリスを全面的に信用しているとわかっていながら、自衛本能が消えず、マロンは彼が望むほど率直になれなかった。

「いいえ、それだけじゃないの」しばしの沈黙のあと、彼女はようやく認めた。

「逃げた理由がほかにあったのか？」ハリスの口調は、今までマロンが聞いたこともないほど厳しいものだった。

彼女はこれ以上何も話したくなかった。話を続ければ彼を愛していると打ち明けることになる。彼がいくらかは自分を愛してくれていると確信するにいたったとはいえ、マロンが彼に対していだいている深い愛、すべてを焼きつくさんばかりの愛とは比較にならない。

「話してはくれないんだね？　ぼくたちはいつでもなんでも話しあってきたのに」

マロンは軽く笑った。両腕がいつのまにか彼の体にまわされていた。こんなふうに互いに抱きあって立っているのがごく自然に感じられる。「女性には親友にさえ話さないことだってあるのよ」彼女はほほ笑んだ。

ハリスもほほ笑み返し、身をかがめて唇の端にそっとキスをした。そして体を起こし、温かい灰色の目で彼女を見つめる。「ぼくがきみにとてつもなく恋してしまったとわかっていても？」

マロンは大きく目を見開いた。ああ、ハリス、ハリス、ハリス、愛しているわ。そして急にはっとなった。落ち着いて。これはあまりに信じがたい話だわ。落ち着きなさい。

〝とてつもなく恋してしまった〟とは、厳密にはどういう意味なの？

「もう少し……なんて言うか……詳しく説明してもらえないかしら？」マロンは必死になって自分の気持ちを抑えなければならなかった。

ハリスも同じく用心しているように見えたが、彼は困難な状況に男らしく立ち向かっていった。「ぼくの知っているマロンなら、きみのほうにもぼくに対してなんらかの……感情がなければ……そんな挑発はしないと思うんだが」

どうしよう、彼は核心に触れようとしている。

マロンはためらった。「そ、それで？」わずかひと言を言うのに時間がかかった。それは、彼に対してなんらかの感情をいだいていることを認めているも同然だと気づいた。

ハリスも気づいたのだろう、マロンをつかんだ手に力をこめてかすかに笑った。「どしゃ降りのあの日、車を止めて乗らないかときみを誘ったときから始まったんだ。最初きみは断った……」

「でも、あなたはまた戻ってきてくれたわ」

「ぼくはばかなことをしていると自分に言い聞かせようとした。誰かほかの人が通りかかって、きみはすでに申し出を受け入れたに違いないと。でも、あのときききみの顔を濡《ぬ》らしていたのは雨、それとも涙だったのかい？　ぼくは特別先を急いでいたわけではなかった」

「あなたは乗せてくれたわ。乗せてくれたばかりか、雇ってくれたわね」

「雇わないわけにいかないだろう。残念ながら、フィリップスとは親戚《しんせき》関係にあり、きみはその彼に襲われたところだったんだから！」

「あなたは本当に優しくしてくれたわ」彼のしかめっ面を見たくなくてマロンは爪先立ちになり、そっとキスをした。

「ああ、マロン、マロン。ぼくは優しくする方法なんて知らないんだ。最初は、きみが悲惨な経験をしたあとだったから、少しでも安定した状態に戻す手伝いをしているつもりだった。その後の一週間、きみのことばかり考えて過ごすことになろうとは予想だにしていなかったよ」

　マロンはうれしそうにハリスを見つめた。「たまにはわたしのことを思い出してくれたの？」

「しょっちゅうだよ。最初の土曜日にロンドンからハーコート・ハウスへ来たとき、ぼくがあの家にいてきみがホテルに泊まっているのはどうにも居心地が悪かった。次の日にきみを迎えに行くまで落ち着かないのはわかっていた。ところが、きみがどんなに男性に愛想をつかしているだろうと思って迎えに行ったら、きみはウィルソンとかいう男と一緒だった」

「ウィルソン？　ああ、トニー・ウィルソンね」

「どうしてそんなことができるんだ？」

「そんなことって、どういう意味？」

「彼のせいでぼくが腹を立てているのに、きみは名前さえ覚えていないなんて」

「彼のせいで腹を立てている？」

「嫉妬《しっと》って言うんじゃないかな」ハリスの目に優しい光が宿るのを見て、マロンは心臓が飛びあがりそうになった。

「あなたが嫉妬していたですって？　でも、まだお互いのことをほとんど知りもしなかったのに」

「きみを思う気持ちに理屈なんて通用しないさ。ハーコート・ハウスに電話がなくてきみがウィルソンに電話をかけられないのがうれしいと思う一方で、フィリップスがお母さんからのメッセージを届けに来ないよう、一刻も早く電話を設置したかった。あのころは嫉妬したり腹を立てたりの連続だった。次の週末もクリフトン・ホテルに泊まるためにきみが荷造りすると考えるだけで、気がめいった」

「あなたは家に残るよう言ってくれたわね」

「それに、魅力的なきみの唇にキスしたくてたまらなかった。その欲求に勝てなくなったときは、ぼくじゃなくてきみのせいだと思おうとした」

「この恥知らず！」

「ぼくを愛してる？」

マロンはその質問から身を引いた。「なんの話だったかしら？」

ハリスはそっとキスして時間を稼いだ。「キスするべきじゃなかったな。二人ともシャワーを浴びようとしていたあの土曜日もキスするべきじゃなかった」

「覚えてるわ」マロンはほほ笑んだ。忘れることなどできるはずがない。彼に恋していると気づいた夜だもの。

「何も危険を感じる必要はないときみに話した夜だ。あのときは言わなかったが、危険を感じたのは……ぼくのほうだ」

「あなたが危険にさらされていたの？」

「きみに恋してしまう危険にね、ダーリン」

「まあ」マロンは息も絶え絶えにささやいた。

「ぼくは認めようとしなかった、あのときは」

「もちろんそうでしょう」わたしに恋してしまう危険にさらされていたと本当に言ったの？

「今まであんなふうに自制心を失ったことはなかった。だから、気持ちを整理するためにあの場を離れなければと思ったんだ」

「それで、整理できた？」

「あのときはだめだった。わかっていたのは、きみと離れた瞬間にもうきみのもとへ戻りたいと思っていたことだけだ。四六時中、北部メイシーに引き寄せられる思いだった。そしてその気持ちとつねに戦っていた。きみに対する本当の気持ちに気づいて初めてわかったんだ、きみの体だけに魅了されたんじゃなくて、内面的な美しさに惹《ひ》かれたんだって。きみの美しい体を思い描くたびに自制心を失いそうになったのはたしかだけど」

「あなたが……わたしに魅了されてる？」

「ああ、マロン・ブレイスウェイト、ここ十分ばかりぼくがなんの話をしていたと思ってるんだ？　気が変になりそうなくらいきみを愛してると言っているのに」

「まあ、ハリス」吐息がもれる。

「迷惑かな？」

「ちっとも」

「それで……きみも少しはぼくを愛することができると思う？　ぼくがきみを傷つけるようなことは断じてないよ。わかっていると思うが……」

だがマロンは、少なからず幸福感に浸ってはいたものの、数日前の彼の来訪によって傷ついた記憶に襲われていた。ハリスに対する熱い思いが念頭から消えた。

「どうした？　話してくれ……」

「ビビアン・ホームズとあなたの関係はどうなっているの？」彼の愛を信じていたばら色の世界が痛ましくも崩れはじめた。

「彼女と関係なんて何もないよ！」

「なんの関係もないから、この前の日曜日、彼女をハーコート・ハウスへ連れてきたっていうの？　だから家中を見せたり、もう充分見たかと尋ねたり、彼女の意見に耳を傾けたりしたと？」

「ビビアン・ホームズは評判のいいインテリアデザイナーのひとりだよ」

「だけど……」言いかけたマロンは、この前の日曜日を思い返してみた。ビビアンがインテリアデザイナーだとしたら……すべて納得がいく。「じゃあ、どうして何も言ってくれなかったの？　話してくれてもよさそうなのに」

「そうだな。ふつうなら、彼女が家を見に来たインテリアデザイナーだと紹介したはずだ。でもきみがぼくを混乱させたんだよ、マロン」

「そうだよ、いとしい人。ぼくはきみに会いたくて仕方がなかったけど、行かないほうがいいのはわかっていた。でも、どうしても行かずにいられなかった。人生で初めて自分が誘惑に弱い人間だと思ったよ。ただ静かにきみを抱いていたいときがあるかと思えば、我慢できないほどどきみと愛を交わしたいと思うときがある。一週間前に同じベッドを使ったとき、きみと二人きりになったら自分がどうなるか信用できないと思いはじめた。そしてもし同じことが起こったら、きみがハーコート・ハウスを出ていくんじゃないかと怖くなったんだ。障害物だらけのあの家で二人して床板につまずいたり、ほかの事故が起こって、きみがいつまたぼくの腕のなかにおさまらないともかぎらないんだから」

マロンははっとした顔で彼を見つめた。「あなたがビビアン・ホームズを連れてきたのは……」

「これ以上きみと離れていられなかったからだ。きみと二人きりになる危険性を避けようとして、最初はフェイに電話した」

「でも、断られたの？」

「妹はちょうど仕事の最中だった。それに、ぼくが大した説明もせず、ただドライブのつもりで一緒に行かないかとしか言わなかったものだから」

「それでビビアンに電話を――」ハリスが首を横に振ったので、マロンは言葉を切った。

「ぼくはますますきみに会いたくて仕方がなかった。とにかく北部メイシーへ出かける危険を冒したものかどうか迷っているところへ、フェイから電話があったんだ。友人のビビアンとおしゃべりしていたら、彼女がハーコート・ハウスを見たがっているという話になって」

「それでビビアンに電話したのね？」

ハリスはマロンの頬に優しくキスをした。「ああ。内装に関してはぼくなりの考えがあるけど、彼女に意見があれば歓迎すると。それで……きみに会いに行った。きみが腕いっぱいに花を抱えて入ってくるのを見たら胸がどきっとして、ビビアン・ホームズなんかどこかへ消えてしまえばいいと思った。きみをひとり占めしたかったんだ」

「あなたは戻ってきたわ。ビビアンを車に残して」

「きみと二人きりになれる時間が欲しかった。きみを抱きたかったし、あのままずっと抱いていたかった。あのときほど自分が弱い人間だと感じたことはなかったよ」

「ほ、本当に？」マロンは震えながら尋ねた。

「だからこそ、帰りたくなかったのにロンドンへ帰るしかなかった。そこで週末に北部メイシーへ出かける計画を立て、もしぼくとひとつ屋根の下に寝ることをきみがいやがるなら、日曜の朝早く、クリフトン・ホテルへきみを迎えに行こうと決心した。ただ……」

「ただ？」マロンは先をうながした。彼の話にめまいはするし、心臓は早鐘のように打っている。

ハリスはふたたび彼女にキスをし、さらに強く抱きしめた。「ただ、きみの声が聞きたくて金曜日まで待てなかった」

「ああ、それで……今朝ハーコート・ハウスに電話してきたのね」

「そして気づいたんだ。きみが出ていくと言った瞬間、行かせるわけにはいかないと。全身全霊できみを愛していると。きみを失うわけにはいかない」ハリスはうやうやしいとも言えるキスを彼女の眉にして、先を続けた。「きみがどこにいるか皆目見当もつかないと気づいたときは冷や汗が出たよ。どうしてもきみを捜しださなければと思った。きみのいない人生なんて耐えられない」

「ああ、ハリス！」マロンは吐息をもらした。

「それは、ぼくがきみを捜しだしたのが……うれしいという意味かい？」ハリスはどうしても知りたかった。

マロンはほほ笑まずにはいられなかった。「決まってるでしょう」

「つまり……少しはぼくを愛してるってこと？」

わたしは彼を愛している、愛している、愛しているわ。「つまり……とても愛してるってことよ」

「ああ、いとしい人」今まであまりに長いあいだ自分の気持ちを抑えてきたぶん、ハリスは思いの丈をこめてマロンを胸に抱き寄せ、そのまま時がたつのも忘れた。「本当に？」彼女の顔を見ようとして体を離し、切迫した声で尋ねる。

「同じシャワーを使ったあの夜以来、確信していたわ」

「あのときにもうわかっていたのか？」ハリスは驚いた顔をしている。

「それまでにも兆候はあったけど、あのとき確信したの」

「なんていとしいんだ」ハリスは息をしてはキスをし、抱き寄せてはキスをする。ようやく体を離すと、彼女に腕をまわし、ソファに連れていって並んで腰を下ろした。そこでまたキスをし、彼女を興奮させる魔法の言葉を浴びせる。「マロン、マロン、これ以上ないほど愛している」胸が詰まって何も言えないでいる彼女に、ハリスは催促した。「きみは？」

マロンは顔を輝かせた。ようやく口がきけるようになっていた。「わたしだって、どんなにあなたを愛しているか」

「ああ、よかった！　今夜ここへ立ち寄ったものか、それとも明日の朝にしようかと、さんざん迷ったんだ。でもあまりにつらくて、明日まできみに会えないのは耐えられなかった。どんな反応が待ち受けているかはわからなかったけど。きみがドアを開けたとき、ぼくは人生最大の過ちを犯して物笑いの種になるんじゃないかと、きみの表情から必死に読みとろうとした」

「まあ、ハリスったら！」彼がこんなにも自信のない言葉を口にするとは。「勇敢に行動してくれてありがとう。わたしも少しばかり……あなたのことで苦しんでいたの」

「そうだったのか。悪かった」ハリスはマロンが経験したであろう苦痛をぬぐい去るかのように優しくキスをした。そして彼女の目をのぞきこみ、真剣な表情になった。「どうしてぼくから逃げようとしたんだ？　説明してくれるね」

告白するマロンの頬はかすかにピンクに染まっていた。「あなたが週末ハーコート・ハウスへ来るとき、ビビアン・ホームズを連れてくるかもしれないと思ったの。ごめんなさい。でも、隣の寝室であなたと彼女が……一緒に寝ているところを想像しただけで耐えられなくて」

「スイートハート、きみは嫉妬していたのか？」

「驚いているように聞こえるけど」

「そんなふうにきみが思っているとは想像もしなかったよ」

マロンは彼にいとしさのこもったキスをした。これが現実とは信じられない。彼の顔が見たくて、今度は彼女が体を離した。そのとき、私道に車の音がした。「母とジョンが早めに帰ってきたみたい。どうしようかしら」

「どうしようって？」

「わたし……その……つまり、母にここへ戻ってきたわけをきかれて、あなたを愛しているって言ってしまったの……」ハリスの輝くような笑顔に言葉を切ったが、母が入ってくる前に全部話しておかなければと思った。「あなたには恋人がいるとも話したわ」

「ビビアン・ホームズのことだろう？　それなら、ダーリン、お母さんに本当のことを話さなくちゃいけないね。お母さんに許しを請う前にしたほうがいいな」

「許しを請う？」

「ああ、やっぱりお母さんだろうな。きみの義理のお父さんということも考えられるが。どう思う？」

「いったいなんの話？」マロンは完全に当惑していた。

「婚約するとき、相手の女性の親に許しを求めるのが習慣じゃないのかい？　経験がないんだけど、正式にやりたいんだ」

「婚約？」弱々しい声しか出ない。

「ぼくたち、結婚するんだよね？」ハリスはこれ以上ないほど真剣な表情をしている。

　マロンは胸をどきどきさせながら喉のつかえをのみこんだ。考えてもみなかったことだ……。

「ぼくと結婚してくれるよね？　急がせるつもりはないけど……」

「喜んであなたと結婚するわ」マロンはかすれた声で答えた。

　ハリスは止めていた息を吐いた。「よかった。ありがとう、いとしい人」彼女の左手を口元に引き寄せ、キスをする。「ぼくたちが長い新婚旅行から戻ってくるころには、ハーコート・ハウスに女主人を迎える準備ができているかもしれない」

なんですって。「わたしのこと？」

「きみ以外にいないよ」

「ああ、ハリス」マロンは叫んだ。ハーコート・ハウスの女主人、屋敷の主《あるじ》の妻！　ああ、なんてすてきなの！

●本書は2003年1月に小社より刊行された作品を文庫化したものです。

雨のなかの出会い

2025年5月1日発行　第1刷

著　者　ジェシカ・スティール

訳　者　夏木さやか（なつき　さやか）

発行人　鈴木幸辰

発行所　株式会社ハーパーコリンズ・ジャパン
東京都千代田区大手町1-5-1
04-2951-2000（注文）
0570-008091（読者サービス係）

印刷・製本　中央精版印刷株式会社

 ISBN978-4-596-72937-8

4月25日発売

ハーレクイン・シリーズ 5月5日刊

ハーレクイン・ロマンス

愛の激しさを知る

大富豪の完璧な花嫁選び アビー・グリーン／加納亜依 訳

富豪と別れるまでの九カ月 ジュリア・ジェイムズ／久保奈緒実 訳
《純潔のシンデレラ》

愛という名の足枷 アン・メイザー／深山　咲 訳
《伝説の名作選》

秘書の報われぬ夢 キム・ローレンス／茅野久枝 訳
《伝説の名作選》

ハーレクイン・イマージュ

ピュアな思いに満たされる

愛を宿したよるべなき聖母 エイミー・ラッタン／松島なお子 訳

結婚代理人 イザベル・ディックス／三好陽子 訳
《至福の名作選》

ハーレクイン・マスターピース

世界に愛された作家たち
〜永久不滅の銘作コレクション〜

伯爵家の呪い キャロル・モーティマー／水月　遙 訳
《キャロル・モーティマー・コレクション》

ハーレクイン・ヒストリカル・スペシャル

華やかなりし時代へ誘う

小さな尼僧とバイキングの恋 ルーシー・モリス／高山　恵 訳

仮面舞踏会は公爵と ジョアンナ・メイトランド／江田さだえ 訳

ハーレクイン・プレゼンツ作家シリーズ別冊

魅惑のテーマが光る極上セレクション

捨てられた令嬢 エッシー・サマーズ／堺谷ますみ 訳
《ハーレクイン・ロマンス・タイムマシン》

5月14日
発売

ハーレクイン・シリーズ 5月20日刊

ハーレクイン・ロマンス　愛の激しさを知る

赤毛の身代わりシンデレラ　リン・グレアム／西江璃子 訳

乙女が宿した真夏の夜の夢　ジャッキー・アシェンデン／雪美月志音 訳
〈大富豪の花嫁にⅡ〉

拾われた男装の花嫁　メイシー・イエーツ／藤村華奈美 訳
《伝説の名作選》

夫を忘れた花嫁　ケイ・ソープ／深山　咲 訳
《伝説の名作選》

ハーレクイン・イマージュ　ピュアな思いに満たされる

あの夜の授かりもの　トレイシー・ダグラス／知花　凜 訳

睡蓮のささやき　ヴァイオレット・ウィンズピア／松本果蓮 訳
《至福の名作選》

ハーレクイン・マスターピース　世界に愛された作家たち ～永久不滅の銘作コレクション～

涙色のほほえみ　ベティ・ニールズ／水月　遙 訳
《ベティ・ニールズ・コレクション》

ハーレクイン・プレゼンツ作家シリーズ別冊　魅惑のテーマが光る極上セレクション

狙われた無垢な薔薇　リン・グレアム／朝戸まり 訳
《リン・グレアム・ベスト・セレクション》

ハーレクイン・スペシャル・アンソロジー　小さな愛のドラマを花束にして…

秘密の天使を抱いて　ダイアナ・パーマー他／琴葉かいら他 訳
《スター作家傑作選》